Für Anita!

Selbst bei absoluter Sonnenfinsternis bist Du immer mein strahlender Sonnenschein. Deine Fröhlichkeit und Wärme erhellen jeden Tag.

Und für Marta! Du bist mit deinen bunten Schuhen so unerwartet in mein Leben gestolpert und hast dir einen Platz in meinem Herzen erobert.

Mit Liebe und Freundschaft!

Herzraunen

Märchen und Geschichten für die Seele

Tina Isensee

Herausgeber: Dalmanuta Verlag
                 Am Mühlenteich 5 · 45665 Recklinghausen
                 www.dalmanuta-verlag.de

Verlagslabel: Dalmanuta Verlag

ISBN der gedruckten Ausgabe   978-3-384-36624-5

ISBN des eBooks   978-3-384-36626-9

Druck und Distribution im Auftrag der Autorin durch die
tredition GmbH · Heinz-Beusen-Stieg 5 · 22926 Ahrensburg

Bibliografische Information der Deutschen Nationalbibliothek:
Die Deutsche Nationalbibliothek verzeichnet diese Publikation in der Deutschen Nationalbibliografie; detaillierte bibliografische Daten sind im Internet http://dnb.d-nb.de abrufbar.

Vorwort

Seit über zwanzig Jahren teile ich meinen spirituellen Weg mit meinem Mann Stefan. Es war eine Reise voller Höhen und Tiefen, voller Lektionen und Wunder, die uns enger zusammengeschweißt haben, als je zuvor. Meine Liebe zu Büchern wurde mir in die Wiege gelegt: Vererbt von meiner Großmutter, die mir als kleines Kind die Welt der Märchen eröffnete. Sie las mir Geschichten vor, die mein Herz berührten und meine Seele zum Leuchten brachten. Mein Großvater – auf der anderen Seite – führte mich in das Universum von „Star Wars" ein – eine andere, doch ebenso magische Form des Märchens, die mich lehrte, dass es immer Hoffnung gibt, selbst in den dunkelsten Zeiten.

Bücher sind seit jeher meine treuen Begleiter. Ich verschlinge Romane genauso wie Sachbücher und bin immer auf der Suche nach neuen Erkenntnissen und Abenteuern. Doch das Schreiben meiner eigenen kleinen Märchen und Geschichten berührt etwas Tiefes in mir. Es ist meine Art, etwas Licht in die Dunkelheit dieser Welt zu bringen, eine Flamme der Hoffnung und des Staunens zu entzünden. Diese Geschichten sind mehr als nur Worte auf Papier – sie sind Ausdruck meiner innersten Gedanken und Träume, meiner Ängste und Freuden.

Das Schreiben ist für mich eine Form der Meditation, ein Weg nach Innen zu sehen und Ruhe in mir selbst zu finden. Es ermöglicht mir, eine Brücke zwischen der sichtbaren Welt und dem zu bauen, was jenseits unseres Verständnisses liegt. Jede Geschichte, die ich zu Papier bringe, ist ein Stück meines Herzens, ein kleines Geschenk an dich – in der Hoffnung, dass es auch dein Herz berühren möge.

Ich bin zutiefst dankbar, dass du nun dieses Buch in deinen Händen hältst. Es ist ein Ausdruck meiner Lebensreise, meiner Erkenntnisse und Träume. Ich wünsche dir von ganzem Herzen, dass du beim Lesen derselben Freude und Inspiration findest, die ich beim Schreiben empfunden habe. Mögen meine Charaktere zu deinen Freunden werden, ihre Geschichten dich trösten und erheben.

Herzlich willkommen in meiner Welt – möge sie auch ein wenig die deine werden.

Inhaltsverzeichnis

Freundschaft

Der kleine Drache Rupa

In den tiefsten Tiefen meiner Fantasie, an einem Ort, wo das Unmögliche zur Wirklichkeit wird, entdeckte ich eine Geschichte, die nur darauf wartet, erzählt zu werden.

Bist du bereit, deine Vorstellungskraft zu entfesseln und in eine Welt einzutauchen, in der die Grenzen zwischen dem Möglichen und dem Unmöglichen verschwimmen? Dann halte fest an deinem Mut, denn dieser kleine Drache und seine Geschichte warten darauf, von dir entdeckt zu werden. Komm, lass uns gemeinsam das Abenteuer beginnen.

Es war einmal ein kleiner Drache namens Rupa, der anders als die anderen Drachen war. Rupa hatte immer Angst – vor dem Feuerspucken, dem Fliegen, ja sogar vor seinem eigenen Schatten. Die anderen Drachen im Tal lachten ihn deshalb oft aus. Aber Rupa hatte eine besondere Freundin, ein mutiges kleines Menschenmädchen namens Ita. Ita verstand Rupa wie sonst niemand anders auf der Welt und mochte ihn genauso, wie er war.

Eines Tages geschah etwas Schreckliches: Der böse Drache Aru, bekannt für seine Grausamkeit und Stärke, entführte Ita. Er nahm sie mit in seine Höhle hoch auf einem unerreichbaren Berg. Das ganze Tal sowohl Menschen als auch Drachen waren in Angst und Schrecken, doch niemand wagte es, sich Aru zu stellen.

Rupa war verzweifelt. Er wusste, dass er der Einzige war, der Ita retten konnte. Er war ihre einzige Hoffnung. Trotz seiner Angst beschloss er, seinen Mut zu finden und seine Freundin zu retten. In der Nacht seines Aufbruchs besuchte ihn der weise alte Drache Eldor. Eldor sah, dass in Rupa ein tapferes Herz schlug, und gab ihm einen magischen Edelstein, der ihm Kraft geben sollte.

Es war nur ein einfacher Kristall, aber in Rupa erweckte er seine verborgenen Fähigkeiten.

Mit zitternden Flügeln flog Rupa los. Auf seiner Reise begegnete er vielen Gefahren, doch er überwand sie alle. Er entdeckte, dass er mutiger war, als er je gedacht hatte. Als er schließlich Arus Höhle erreichte, stand er dem bösen Drachen mutig gegenüber.

In einem Kampf, bei dem Rupa all seinen Mut und seine neugewonnenen Fähigkeiten einsetzte, gelang es ihm, Aru zu besiegen. Er befreite Ita, und zusammen flogen sie zurück ins Tal, wo sie als Helden gefeiert wurden.

Rupa hatte gelernt, dass Mut nicht bedeutet, keine Angst zu haben. Mut bedeutet, sich seinen Ängsten zu stellen. Und von diesem Tag an war Rupa nicht mehr der ängstliche Drache, sondern ein mutiger Freund, der bereit war, sich für das Gute einzusetzen.

Das kleine Rabenmädchen

Taucht ein in eine Welt, die zugleich vertraut und voller Wunder ist. Ich möchte euch mitnehmen in ein kleines Dorf, eingebettet in die sanfte Umarmung von dichten Wäldern und hügeligen Landschaften, wo das Leben in einfachen Rhythmen pulsiert und die Grenzen zwischen dem Möglichen und dem Unmöglichen fließend sind.

Ich lade euch ein, eure Herzen zu öffnen und euch von der Geschichte und seinen liebenswerten Charakteren mitreißen zu lassen. Möge ihre Reise euch inspirieren, die Welt mit neugierigen Augen zu betrachten und vielleicht auch ein wenig mutiger zu sein, wenn es darum geht, die eigenen Vorurteile zu hinterfragen.

Es war einmal ein kleines Dorf, umgeben von dichten Wäldern und sanften Hügeln. In diesem Dorf lebten die Menschen in einfacher Harmonie, aber sie waren abergläubisch und fürchteten Raben, die sie als Boten des Unglücks ansahen. Trotz dieses Glaubens gab es ein außergewöhnliches Mädchen unter den Raben, bekannt als Kara. Kara war kein gewöhnlicher Rabe. Sie besaß eine einzigartige Gabe, die Menschen zu verstehen und sogar auf ihre Weise mit ihnen zu kommunizieren.

Kara fand bald einen besonderen Freund in dem Dorf – einen kleinen Jungen namens Finn. Finn war anders als die anderen Dorfbewohner – er fürchtete sich nicht vor Kara und war fasziniert von ihrer Klugheit und ihrem sanften Wesen. Jeden Tag besuchte Kara Finn, und sie spielten zusammen, lernten voneinander und bauten eine tiefe Freundschaft auf.

Doch eines Tages veränderte sich alles. Einige Dorfbewohner sahen Kara in Finns Nähe und beschlossen, sie zu jagen, überzeugt davon, dass sie Unglück über das Dorf bringen würde. Finn hörte von dem Plan und wusste, dass er handeln musste, um seine Freundin zu retten.

Mit Mut und Entschlossenheit, die man von einem so kleinen Jungen nicht erwartet hätte, schmiedete Finn einen Plan, um Kara zu retten. Er lenkte die Dorfbewohner ab, indem er eine Geschichte über einen versteckten Schatz am anderen Ende des Waldes erfand, während er Kara in Sicherheit brachte.

Durch sein schnelles Denken und seinen Mut gelang es Finn, Kara weit weg von der Gefahr zu führen. In der Sicherheit der Wälder versprachen sie sich, immer Freunde zu bleiben, egal was kommen mag.

Das Dorf lernte schließlich von Finns Mut und seiner Freundschaft mit Kara. Sie begannen zu verstehen, dass nicht alle alten Glaubenssätze wahr sind, und dass manchmal das, was wir fürchten, tatsächlich eine Quelle von Freude und Freundschaft sein kann. Finn und Kara blieben lebenslange Freunde, und ihre Geschichte wurde zum Symbol der Hoffnung und des Mutes – nicht nur im Dorf, sondern in der gesamten Gegend.

Frau Fang und Mei

Qi Gong, eine jahrtausendealte Praxis, die Körper und Geist durch Bewegung, Atmung und Meditation vereint, genießt in China tief verwurzelte Wertschätzung als Weg zur Förderung der Gesundheit und Harmonie.

Diese Liebe spiegelt sich in der täglichen Hingabe unzähliger Menschen wider, die in Parks und öffentlichen Plätzen zusammenkommen, um gemeinsam in der Stille des Morgens Qi Gong als Teil eines kulturellen Erbes zu praktizieren, das sowohl das physische als auch das spirituelle Wohlbefinden nährt. An so einen Ort gehen wir nun gemeinsam...

In den lebhaften Straßen von Peking, wo das geschäftige Treiben nie zu ruhen scheint, lebte eine kleine streunende Katze. Allein und unbeachtet von der Welt um sie herum, suchte sie Zuflucht in den ruhigeren Ecken der Stadt. Ihr liebster Ort war ein friedlicher Park – ein grünes Juwel mitten im urbanen Dschungel – in dem die Menschen sich jeden Morgen versammelten, um Qi Gong zu praktizieren. Versteckt hinter den großen alten Bäumen beobachtete die kleine Katze fasziniert die fließenden Bewegungen und die ruhige Ausstrahlung der Übenden. In der Stille der Nacht versuchte sie, die Übungen nachzuahmen. Sie bewegte sich geschmeidig und mit einer Anmut, die sie sich von den Menschen abgeschaut hatte.

Doch nicht alle Augen, die auf sie gerichtet waren, blickten freundlich. Andere streunende Katzen, die des Nachts den Park ihr Eigen nannten, belächelten sie und spotteten über ihr ungewöhnliches Verhalten. Doch sie ließ sich nicht beirren, getrieben von einem inneren Wunsch, der sie stärker machte als jedes böse Wort.

Eines Tages wurde sie von einer rundlichen älteren Dame bemerkt, deren Herz genauso golden war wie die Morgensonne, die durch die Blätter des Parks schien. Diese Dame war Frau Fang – was so viel wie „Die Wohlriechende" bedeutet – sie duftete auch immer nach den leckersten Keksen. Frau Fang war unter den Qi Gong-Praktizierenden für ihre Güte und ihren stillen Eifer bekannt. In der kleinen Katze sah sie etwas ganz Besonderes – etwas, das ihr ein Gefühl von Nähe schenkte. Mit einer Schale frischer Milch näherte sich Frau Fang der Katze, die zuerst zögerte, aber dann die Wärme und Fürsorge in den Augen der Dame erkannte.

Tag für Tag wuchs ihre Freundschaft, genährt von gemeinsamen Momenten unter dem Baum nach dem Qi Gong. Frau Fang sprach oft leise, als würde sie der Katze die Geheimnisse des Lebens enthüllen. Und dann, eines Tages, als die Blätter schon leise im Wind flüsterten, fragte Frau Fang, ob die Katze nicht mit ihr nach Hause kommen möchte.

Ohne zu zögern folgte die Katze, und so begann ein neues Kapitel in ihrem Leben. Ein Zuhause, in dem sie nicht nur geduldet, sondern herzlich willkommen war. Ein Zuhause, das Wärme bot, nicht nur gegen die Kälte der Nacht, sondern auch gegen die Einsamkeit. Und dort in ihrem neuen Zuhause bekam sie noch ein Geschenk – die kleine Katze bekam von Frau Fang einen Namen – Mei, „Die Schöne".

Und obwohl sie nun ein Dach über dem Kopf hatte, blieben der Park und das Qi Gong ein unverzichtbarer Teil ihres Lebens. Jeden Tag kehrten sie zurück zu dem Platz unter dem Baum, ein Ritual, das so sicher war wie der Sonnenaufgang. Dort, im Schatten der Bäume, neben der Frau, die mehr als eine Freundin wurde, fand Mei ihren Frieden.

Die Spötteleien der anderen Streuner verblassten in der Ferne,
unwichtig geworden in diesem neuen Leben voller Freundschaft
und Liebe. So lebten Frau Fang und Mei zusammen, in einem ste-
tigen Kreislauf aus Geben und Nehmen – ein Zeugnis dafür, dass
Freundlichkeit die tiefsten Gräben überwinden kann.

Baba Yaga und der kleine Wolf

*Begleite mich in den tiefen, verwunschenen Wäldern der slawischen My-
then, wo die Natur noch mit geheimnisvollen Kräften durchwoben ist und
das Unerwartete hinter jedem Baum lauert. Dort findet unsere Geschichte
ihren Anfang. Es ist eine Erzählung, die die Grenzen zwischen Furcht und
Zuneigung, zwischen der wilden Unberechenbarkeit der Natur und der
tiefen, oft verborgenen Güte, die in den Herzen jener lebt, die wir zu fürchten gelernt haben, verwischt.*

*Meine Geschichte entführt uns gemeinsam in eine Welt, in der Baba
Yaga, die legendäre Hexe der slawischen Folklore, nicht nur als eine Schre-
ckensgestalt, sondern auch als Hüterin tiefgründiger Weisheit und uner-
warteter Freundlichkeit enthüllt wird. Baba Yaga wohnt in einer eigenar-
tigen Hütte, die auf Hühnerbeinen steht, und reist in einem fliegenden
Kessel durch die Lüfte. Sie stößt auf ein kleines Wesen, dessen Schicksal
ihr Herz berührt und das den Lauf ihres Lebens verändern wird – denn
jedes Leben hat seinen Wert und jede Kreatur ein Recht auf Schutz.*

In einer entlegenen Ecke der slawischen Wälder, umgeben von
knarrenden Bäumen und nebligen Pfaden, stand eine merkwürdi-
ge Hütte auf Hühnerbeinen. Diese Hütte war das Heim von Baba
Yaga, einer auf den ersten Blick furchteinflößenden, aber weisen
Hexe. Eines Tages, während sie in ihrer Hütte mit den knorrigen
Beinen durch die Wälder wanderte, hörte Baba Yaga ein klägliches
Winseln. Neugierig und besorgt, blickte sie durch das Fenster.

Draußen sah sie eine Gruppe von Menschenkindern, die einen
kleinen Wolfswelpen jagten und mit Steinen bewarfen. Der Welpe,
erschöpft und verängstigt, versuchte verzweifelt zu entkommen,

doch seine kleinen Beine trugen ihn nicht schnell genug davon. Baba Yaga, obwohl sie oft gefürchtet wurde, hatte ein weiches Herz für unschuldige Kreaturen.

Ohne zu zögern, stieg sie in ihren fliegenden Kessel – ein Gefährt, das so schnell durch die Lüfte schweben konnte wie der Wind. Mit einem lauten Rauschen und funkelnden magischen Funken flog sie hinab zu den Kindern. Ihr plötzliches und erschreckendes Auftauchen ließ die Kinder in Panik geraten. Sie schrien und liefen davon, verängstigt von der mächtigen Gestalt der Hexe und ihrem fliegenden Kessel.

Baba Yaga, nun allein mit dem verletzten Welpen, stieg sanft zu ihm herab. Sie hob ihn behutsam auf und trug ihn zurück in ihre wandelnde Hütte. Dort pflegte sie ihn mit Kräutern und Zaubersprüchen, bis er wieder zu Kräften kam. Der kleine Wolf erholte sich schnell unter ihrer sorgfältigen Pflege und zeigte bald seine verspielte und liebevolle Art.

Als der Welpe schließlich gesund und stark war, brachte Baba Yaga ihn zu seinem Rudel zurück. Sie wusste, dass er zu seiner Familie gehörte, doch ein unsichtbares Band der Freundschaft hatte sich zwischen ihnen gebildet. Der Wolfswelpe, nun wieder bei seinem Rudel, vergaß Baba Yaga nicht. Er besuchte sie immer wieder, spielte um ihre Hütte herum und brachte ihr sogar Geschenke aus dem Wald.

So entstand eine ungewöhnliche Freundschaft zwischen der alten Hexe und dem jungen Wolf – eine Freundschaft, die die tiefen Wälder mit Geschichten von Güte, Mut und unerwarteten Banden erfüllte. Baba Yaga, die oft gefürchtet wurde, fand in diesem kleinen Wolf einen treuen Freund, und der Wolf fand in ihr eine Beschützerin und eine unerwartete Gefährtin.

Die freundliche Spinne

Stell dir vor, in einer Welt, nicht ganz unähnlich der unseren, in der die kleinsten Wesen die größten Helden sein können. Ich möchte dich in ein Abenteuer entführen, das aus meinem Herzen fließt. Du wirst vielleicht denken, dass Helden immer groß und stark sein müssen, doch heute möchte ich dir eine andere Art von Mut vorstellen.

Unsere Heldin ist nicht die, die du erwarten würdest. Sie hat keine schimmernde Rüstung oder ein mächtiges Schwert. Ihre Stärke liegt in der Tiefe ihres Herzens und der Schärfe ihres Verstands. Sie ist eine Spinne, klein und oft missverstanden, doch bereit, das größte Abenteuer ihres Lebens zu beginnen.

Ich lade dich ein, all deine Vorurteile beiseite zu legen und mit mir in eine Welt einzutauchen, in der das Unwahrscheinliche möglich wird. Bist du bereit, die Welt durch neue Augen zu sehen? Dann folge mir, denn meine Geschichte beginnt jetzt.

In einer gemütlichen Ecke einer alten Stadtbibliothek, zwischen den hohen Regalen voller Abenteuer, Märchen und Wissen, lebte eine ganz besondere Bibliothekarin. Sie war keine gewöhnliche Bibliothekarin, sondern eine freundliche Spinne namens Charlotte. Mit ihren acht geschickten Beinen konnte Charlotte schneller durch die Seiten der Bücher blättern als jeder andere und sie noch schneller in die Regale zurückbringen. Ihr feines Gespür für die richtige Literatur machte sie zu einer unersetzlichen Helferin für alle, die durch die alte Holztür der Bibliothek traten.

Charlotte hatte viele Freunde unter den Besuchern, doch niemand war ihr so ans Herz gewachsen wie der kleine Max. Max war ein neugieriger Junge mit strahlenden Augen und einem unstillbaren Durst nach Geschichten. Alle zwei Tage kam er in die Bibliothek, immer auf der Suche nach einem neuen Abenteuer.

„Charlotte, was soll ich heute lesen?" war stets seine erste Frage, nachdem er die Bibliothek betreten hatte. Charlotte kletterte dann geschwind von ihrem aktuellen Aufenthaltsort – sei es ein Lampenschirm oder ein Buchrücken – und eilte zu Max. Mit ihren Beinen, so geschickt wie die Finger eines Pianisten, blätterte sie durch die Seiten eines Buches nach dem anderen, bis sie das perfekte fand.

Eines Tages suchte Max nach einem Buch über Dinosaurier, da er gerade seine Liebe für diese urzeitlichen Riesen entdeckt hatte. Charlotte führte ihn durch die Reihen, ihre Beine surrten über die Buchrücken, bis sie innehielt. Mit einem eleganten Sprung landete sie auf einem Buch, das sie mit einem Faden markierte.

„Probiere dieses, Max. Es wird dich in die Welt der Dinosaurier entführen, als wärst du einer von ihnen," summte sie auf eine Weise, die Max mittlerweile verstand.

Das Buch war ein Volltreffer. Max war so vertieft in die Geschichte, dass er die Zeit völlig vergaß. Charlotte beobachtete ihn aus der Ferne, ein zufriedenes Lächeln auf ihrem Gesicht. Sie liebte es, zu sehen, wie die Bücher die Fantasie der Besucher beflügelten – besonders die von Max.

Mit der Zeit wurde Charlotte nicht nur zu Max' persönlicher Bibliothekarin, sondern auch zu einer guten Freundin. Sie teilten Geheimnisse und Träume, die über die Seiten der Bücher hinausgingen. Charlotte lehrte Max, dass in jeder Geschichte ein Körnchen Wahrheit und in jedem Buch ein Fenster zu einem anderen Universum steckt.

So verbrachten Charlotte und Max viele glückliche Stunden in der Bibliothek. Die Spinne mit dem unfehlbaren Gespür für das richtige Buch und der Junge mit dem unersättlichen Hunger nach Geschichten wurden ein unschlagbares Team. Und obwohl Charlotte nur eine kleine Spinne in einer großen Bibliothek war, wusste sie, dass sie in Max' Welt einen riesigen Unterschied machte.

Die Hexe und die Katze

Schwarze Katzen wurden oft aufgrund ihrer Farbe mit dem Unbekannten und dem Übernatürlichen in Verbindung gebracht. Schwarz wird traditionell mit den Kräften der Dunkelheit, dem Mysteriösen und dem Verborgenen assoziiert. Dies macht sie zu einem passenden Symbol für Hexen, die angeblich über geheime und verborgene Kräfte verfügen.

Was aber, wenn es sich um eine gute Hexe handelt, die den Menschen helfen will und die Katze mehr als ein treuer Begleiter wäre...

In einem tiefen, geheimnisvollen Wald, weit entfernt von den geschäftigen Pfaden der Menschen, stand eine kleine, urige Hütte. Um die Hütte herum standen viele sehr alte Bäumen, deren Äste wie die Arme uralter Wächter in den Himmel ragten. In dieser Hütte lebte eine alte, weise Frau, die einfach als die gute Hexe des Waldes bekannt war. Sie hatte langes, silbergraues Haar, das im Mondlicht zu leuchten schien, und Augen, die die Geschichten vieler Generationen zu erzählen schienen. An ihrer Seite, als ständiger Begleiter und Freund, befand sich eine schwarze, sprechende Katze mit funkelnden, grünen Augen, die so tief waren, dass man meinen könnte, sie würden einem direkt in die Seele blicken.

Die Hexe, bekannt für ihr umfassendes Wissen über Heilkräuter und alte Heilmethoden, war eine Helferin für alle Frauen aus den umliegenden Dörfern. Sie kamen zu ihr, wenn sie von Leiden geplagt wurden, für die es keine Hilfe zu geben schien. Mit einer Mischung aus Magie und Medizin, bereitet aus den Kräutern des Waldes, heilte sie ihre Leiden und gab ihnen neue Hoffnung.

Eines Tages jedoch, als der Wind durch die Bäume wehte und die Blätter zu einem sanften Tanz aufwirbelte, wurde die Hexe selbst von einer seltenen Krankheit heimgesucht. Ihr Körper, einst voller Energie und Leben, wurde schwach, und sie konnte kaum noch aus ihrem Bett aufstehen. Ihre treue Katze, die ihr so viel mehr als nur ein Haustier war, erkannte die Ernsthaftigkeit der Lage. Die Katze wusste, dass, obwohl sie viele Kräfte besaß, die Heilung ihrer Freundin außerhalb ihrer Fähigkeiten lag.

In der tiefsten Nacht, unter einem Himmel voller Sterne, machte sich die sprechende Katze auf den Weg ins Dorf. Sie, die sonst nur mit der Hexe sprach, brach ihr Schweigen und offenbarte ihre Gabe den Dorfbewohnern, um die Dringlichkeit ihrer Mission zu unterstreichen. Zuerst von Furcht ergriffen, erkannten die Frauen des Dorfes bald die Ernsthaftigkeit der Situation und die Güte, die die Hexe ihnen allen entgegengebracht hatte.

Getrieben von Dankbarkeit und Sorge, folgten einige Frauen der Katze durch den Wald zurück zur Hütte der Hexe. Unter der Anleitung der Katze bereiteten sie Tränke aus den seltensten Kräutern des Waldes, die die Hexe sie einst selbst zu nutzen gelehrt hatte. Tag und Nacht wachten sie über die alte Frau, pflegten sie mit der gleichen Hingabe und Liebe, die sie von ihr erhalten hatten.

Langsam, aber stetig, begann die Hexe ihre Kraft zurückzugewinnen. Ihr erster Blick galt ihrer treuen Katze, deren Augen in diesem Moment nicht nur Weisheit, sondern auch eine tiefe Liebe widerspiegelten. Es war ein Moment des tiefen Verständnisses und der unerschütterlichen Bindung zwischen ihnen.

Als die Hexe wieder zu ihrer vollen Stärke zurückkehrte, wurde ihr kleines Heim im Wald zu einem Ort des Feierns. Frauen kamen mit ihren Töchtern und Enkelinnen aus allen Richtungen, nicht nur um die Genesung der Hexe zu feiern, sondern auch um die tiefe Verbindung zwischen Mensch, Tier und Natur zu ehren.

Die Geschichte der alten, weisen Hexe und ihrer sprechenden Katze, die die Grenzen der Magie und der Freundschaft überschritt, wurde zu einer Legende, die von Generation zu Generation weitergegeben wurde. Sie erinnerte jeden daran, dass in Zeiten der Not die wahren Bande der Gemeinschaft, Liebe und des gegenseitigen Respekts das größte Heilmittel von allen sind.

Das einsame Einhorn

Ich lade dich ein, mich auf eine Reise zu begleiten. In den unberührten Wäldern, die von einem kristallklaren Fluss durchzogen werden, beginnt meine Geschichte. Komm, folge mir, und öffne dein Herz für eine Geschichte, die die Kraft in der Verbindung zweier Seelen zeigt.

In einem verborgenen Tal, umgeben von unberührten Wäldern und durchzogen von einem klaren, funkelnden Fluss, lebte einst ein einsames Einhorn. Sein Fell schimmerte im Mondlicht, und sein Horn war so rein wie der erste Schnee. Doch trotz seiner Schönheit und der Magie, die es in sich trug, fühlte sich das Einhorn einsam. Es hatte noch nie ein anderes Wesen wie sich selbst getroffen und sehnte sich nach einem Freund – sehnte sich nach jemandem, der es verstehen konnte und die Tage mit ihm teilen würde.

Die Jahre vergingen, in denen das Einhorn durch die Wälder streifte, die anderen Tiere beobachtete und manchmal sogar den Menschen aus der Ferne zusah. Doch jedes Mal, wenn es versuchte, sich jemandem zu nähern, wurde es entweder aus Angst gemieden oder wegen seiner magischen Kräfte verfolgt. Niemand wollte das Einhorn einfach nur kennenlernen oder seine Freundschaft gewinnen. Sie sahen nur, was das Einhorn für sie tun konnte, nicht wer es war.

Eines Tages, als das Einhorn durch einen dichten Wald streifte, hörte es ein leises Weinen. Neugierig und mit einem Hauch von Hoffnung folgte es dem Klang, bis es zu einer Lichtung kam. Dort saß eine junge Frau, allein und traurig. Das Einhorn zögerte einen Moment, erinnert an die Enttäuschungen der Vergangenheit, doch etwas an dieser Frau zog es an. Langsam, um sie nicht zu erschrecken, trat es aus dem Schatten der Bäume.

Die junge Frau erschrak zunächst, als sie das Einhorn sah, doch ihre Angst wich schnell der Freude. Sie streckte vorsichtig eine Hand aus, und das Einhorn ließ es zu, dass sie seine Mähne berührte. In diesem Moment spürten beide eine tiefe Verbindung, eine Seelenverwandtschaft, die sie nie für möglich gehalten hätten.

Die junge Frau, deren Name Emma war, und das Einhorn wurden unzertrennliche Freunde. Emma sah in dem Einhorn nicht seine magischen Fähigkeiten, sondern das wunderbare Wesen, das es war. Sie verbrachten viele Tage damit, die Geheimnisse des Waldes zu erkunden und einfach nur die Gesellschaft des anderen zu genießen.

Als die Jahre vergingen, wurde Emma erwachsen. Sie heiratete und bekam einen Sohn, den sie Noah nannte. Noah wuchs mit den Geschichten seiner Mutter über das magische Einhorn auf, und als er alt genug war, führte Emma ihn zu dem Einhorn. Noah und das Einhorn freundeten sich schnell an, und bald war es für Noah das Größte, auf dem Rücken des Einhorns durch die Wälder zu reiten.

Das Einhorn, das einst so einsam gewesen war, fand in Emma und Noah nicht nur Freunde, sondern eine Familie. Es war immer für sie da, in guten wie in schlechten Zeiten, und seine Magie war ein Geschenk der Freundschaft, das es gerne teilte.

So lebten das Einhorn, Emma, Noah und ihre Familie in glücklicher Harmonie, verbunden durch eine Freundschaft, die tiefer ging als die Magie, die das Einhorn in sich trug. Und das Einhorn, das einst die Welt allein durchstreift hatte, wusste nun, dass es nie wieder einsam sein würde.

Der alte Mann und der Fuchs

Trauer ist ein tiefgreifendes Gefühl, das uns oft in Wellen der Melancholie und Reflexion umfängt. Nicht selten finden wir Trost an unerwarteten Orten oder bei Wesen, von denen wir es am wenigsten erwartet hätten, die uns jedoch durch ihre Anwesenheit eine unerwartete Zuflucht bieten. In diesen Momenten offenbart sich die Schönheit dieser Verbindungen, die uns helfen kann, den Schmerz zu lindern und Hoffnung inmitten der Traurigkeit zu finden.

Es war ein kalter Morgen im tiefsten Winter, als der kleine Fuchs seine Familie verlor. Menschen, die sich nicht an die Gesetze hielten, hatten im Wald gejagt und dabei seine Eltern getötet. Plötzlich fand sich der kleine Fuchs ganz alleine in der großen, weiten Welt wieder, ohne einen Freund, ohne eine Familie.

Tage vergingen, in denen der kleine Fuchs einsam durch den Wald streifte, immer auf der Suche nach Nahrung und Wärme. Doch eines Tages, als der Himmel besonders grau war und der Schnee leise fiel, begegnete er einem alten Mann. Der Mann, dessen Herz nach dem Tod seiner Frau schwer von Trauer war, fand Trost in seinen täglichen Spaziergängen durch den Wald. Als er den kleinen, zitternden Fuchs fand, wusste er sofort, dass er ihm helfen musste.

Mit viel Liebe und Geduld zog der alte Mann den kleinen Fuchs auf. Sie wurden unzertrennliche Freunde. Doch der alte Mann wusste, dass der Fuchs in die Natur gehörte und so kehrten sie jeden Tag zurück – jeder dieser Tage im Wald half ihnen, ihre Trauer zu verarbeiten und die Schönheit der Natur neu zu entdecken.

Sie lauschten gemeinsam dem Gesang der Vögel und dem Rauschen der Blätter. Sie fühlten sich einander verbunden wie nie zuvor.

Jahre vergingen, und der Fuchs wuchs zu einem prächtigen Tier heran. Dann, eines Tages im Frühling, als die Blumen zu blühen begannen und die Welt in neuem Licht erstrahlte, begegnete der Fuchs einer jungen Füchsin. Es war Liebe auf den ersten Blick, und von da an verbrachte der Fuchs jede freie Minute mit ihr, erkundete mit ihr die Geheimnisse des Waldes.

Der alte Mann sah, wie sein kleiner Freund immer länger fortblieb, und obwohl es ihn traurig machte, wusste er, dass der Fuchs seinen eigenen Weg gehen musste. Doch der Fuchs vergaß nie, wer ihn gerettet hatte. Jeden Tag, wenn der alte Mann seinen Spaziergang durch den Wald machte, kam der Fuchs, um ihn zu begrüßen.

Eines Tages kam der Fuchs nicht allein. Stolz führte er seinen eigenen kleinen Sohn mit sich, ein Zeichen seines neuen Lebens im Wald. Der alte Mann lächelte, Tränen der Freude in den Augen, denn er wusste, dass die Freundschaft, die er und der Fuchs teilten, für immer bestehen würde. Der Wald, der einst ein Ort des Verlustes war, wurde zu einem Symbol der Hoffnung, der Liebe und der unauslöschlichen Bande der Freundschaft.

Die kleine Elster
und der grummelige Zwerg

*In meinem Leben habe ich gelernt, dass Freundschaft in den ungewöhn-
lichsten Konstellationen blühen kann. Vielleicht fragst Du dich, wie das
möglich ist: Nun, es beginnt mit einem offenen Herzen und dem Mut, über
den eigenen Schatten zu springen. Ich habe Freunde in Menschen gefunden, deren Wege ich nie gekreuzt hätte, wenn ich mich an das Gewöhnliche gehalten hätte.*

*Es sind diese unerwarteten Begegnungen, die mein Leben reich ma-
chen. Also öffne auch Du dich der Möglichkeit, dass der nächste beste
Freund vielleicht dort wartet, wo Du ihn am wenigsten vermutest.*

In einem dichten Wald, weit entfernt vom Lärm der Städte, lebte ein
grummeliger Zwerg namens Gundrik. Er wohnte in einer kleinen,
versteckten Hütte, umgeben von hohen Bäumen und verborgenen
Pfaden. Gundrik war bekannt für seine mürrische Art, daher mie-
den ihn die anderen Zwerge und sogar die Tiere des Waldes.

Eines Tages, während Gundrik gerade an einem neuen Stuhl
schnitzte, bemerkte er eine junge Elster, die ihn aus einiger Entfer-
nung beobachtete. Sie hieß Eila und war bekannt für ihre Neugier
und vor allem für ihren Übermut. Eila hatte von dem grummeligen
Zwerg gehört und beschloss, seine Freundschaft zu gewinnen.

Gundrik brummte nur, als Eila versuchte, mit ihm zu sprechen.
Er hatte kein Interesse an Freunden, besonders nicht an einem so
vorlauten Vogel. Aber Eila gab nicht auf. Um seine Aufmerksamkeit zu erregen, begann sie, kleine Streiche zu spielen. Sie klaute
seinen roten Hut, während er schlief, pikste spielerisch an seine
Fensterscheibe und versteckte seine Werkzeuge.

Der Sommer verging, und obwohl Eila täglich vorbeikam, blieb Gundrik unbeeindruckt. Doch als der Herbst kam, änderte sich alles. Eila verletzte sich eines Tages ihren kleinen Fuß und konnte nicht mehr richtig fliegen. Gundrik fand sie, verletzt und hilflos, unter einem Busch.

Zu Eilas Überraschung nahm Gundrik sie mit in seine Hütte. Er verband ihren Fuß mit einem weichen Tuch und fütterte sie mit Beeren und Nüssen. Tage vergingen, und Eila erholte sich langsam. In dieser Zeit lernten der Zwerg und die Elster einander besser kennen. Gundrik erzählte Geschichten von alten Zeiten und Eila lauschte gespannt.

Als der erste Schnee des Winters fiel, waren Gundrik und Eila unzertrennlich geworden. Sie teilten Mahlzeiten, lachten über alte Streiche und genossen die ruhigen Momente des Waldes zusammen. Die anderen Zwerge und Tiere des Waldes staunten über diese unerwartete Freundschaft.

Eila und Gundrik bewiesen, dass selbst das grummeligste Herz durch Geduld und Freundlichkeit erweicht werden kann. Und so lebten sie viele Jahre in Harmonie, als beste Freunde in ihrem kleinen Winkel des Waldes.

Der kleine Delfin

Wenn ich dir sage, dass zwischen den unzähligen Wellen des Ozeans Geheimnisse verborgen liegen, die nur darauf warten, entdeckt zu werden... Würdest du mir glauben?

Du magst denken, du kennst Geschichten über Freundschaften zwischen Mensch und Tier, aber lass mich dir versichern: was Mara und ihr Freund erlebt haben, ist alles andere als gewöhnlich und verbindet die beiden auf einer tieferen Ebene. Bist du bereit, den Sprung zu wagen und in meine Geschichte einzutauchen?

In den warmen Gewässern der Karibik lebte ein kleiner, neugieriger Delfin namens Luna. Luna war anders als die anderen Delfine in ihrem Schwarm. Sie war fasziniert von den Menschen, die mit ihren großen Booten das Meer befuhren und am Ufer spielten. Ihre Familie und Freunde warnten sie immer wieder: „Von den Menschen kommt selten etwas Gutes. Sie bringen Lärm und Gefahr für unser Zuhause." Doch Lunas Neugier war grenzenlos, und sie konnte nicht widerstehen, die Nähe der Menschen zu suchen.

Eines Tages, während Luna den bunten Booten folgte, bemerkte sie nicht das feine Netz, das im Wasser versteckt war. Plötzlich fand sie sich verfangen, ihre Bewegungen waren eingeschränkt und die Angst stieg in ihr auf. Sie kämpfte verzweifelt, um sich zu befreien, aber das Netz hielt sie fest. Luna begann zu realisieren, dass ihre Familie vielleicht recht gehabt hatte.

Am Ufer sah ein kleines Mädchen namens Mara das Geschehen. Mara, die Tochter des Fischers, erkannte sofort die Not des Delfins. Ohne zu zögern, sprang sie mutig ins Wasser, um Luna zu helfen.

Mit zarten, aber entschlossenen Händen löste sie das Netz und befreite den gefangenen Delfin. Luna blickte Mara dankbar an, bevor sie wieder in die Tiefe schwamm.

Doch Luna konnte das mutige Mädchen nicht vergessen. Sie besuchte Mara oft, schwamm nahe am Ufer, wo Mara spielte. Aus der Dankbarkeit wurde Freundschaft. Mara zeigte Luna, dass nicht alle Menschen gleich sind, und lehrte sie, die Guten von den Schlechten zu unterscheiden. Luna wiederum zeigte Mara die Wunder des Meeres, führte sie zu verborgenen Korallenriffen und tanzte mit ihr im Wasser.

Ihre ungewöhnliche Freundschaft wurde zur Legende unter den Menschen und Delfinen. Sie lehrte beide Seiten, dass Verständnis und Mut Brücken bauen können, wo zuvor nur Misstrauen herrschte. Luna und Mara bewiesen, dass trotz aller Warnungen und Ängste, die Freundschaft zwischen Mensch und Tier möglich ist, und dass manchmal ein einziger Akt der Güte die Welt verändern kann.

Der gebrochene Flügel

Ich nehme dich mit auf eine Reise in eine Welt, die der unseren ähnelt und doch von einer feinen Linie des Wunderbaren durchzogen ist. „Der gebrochene Flügel" ist mehr als nur eine Erzählung – es ist ein Fenster zu einer Erfahrung, die das Himmlische mit dem Irdischen verwebt und dabei die Grenzen des Möglichen verschiebt.

Diese Geschichte entstand aus einer tiefen Faszination für die unergründlichen Tiefen menschlicher Emotionen und der ewigen Frage, was uns im Innersten zusammenhält. Sie ist ein Spiegel der Hoffnung, des Verlustes und der unvorhersehbaren Kraft der Liebe. Dabei erkundet sie, wie selbst in den schwierigsten Momenten eine Verbindung entstehen kann, die alles überwindet – die Grenzen zwischen Himmel und Erde, zwischen Mensch und Engel.

Möge diese Geschichte ein Licht sein, das den Raum zwischen dem Bekannten und dem Unbekannten erhellt und zeigt, dass wahre Freundschaft und Liebe keine Grenzen kennen.

In einer Welt, nicht weit entfernt von der unseren, wo das Himmlische und das Irdische sich in feiner Harmonie vermischen, lebte ein junger, ungestümer Engel namens Eliel. Eliel, dessen Flügel noch vom Glanz der Unschuld strahlten, war von einer unstillbaren Neugier auf die Welt der Menschen getrieben. Trotz zahlreicher Warnungen seiner älteren Gefährten flog er täglich, versteckt hinter den Wolken, um das Treiben der Menschen zu beobachten.

Eines Tages, getrieben von jugendlichem Übermut und der Lust am Abenteuer, flog Eliel tiefer als je zuvor. Die Erde mit ihren bunten Farben, vielen Geräuschen und dem pulsierenden Leben zog ihn magisch an. Doch in einem Moment der Unachtsamkeit, abgelenkt durch das Lachen eines Kindes, verlor er die Kontrolle. Mit einem Schmerzensschrei stürzte er zu Boden und blieb, umhüllt von Staub und Blättern, liegen. Als er versuchte, sich zu erheben, durchzuckte ihn ein stechender Schmerz – sein Flügel war gebrochen.

Zu stolz und beschämt, um nach Hilfe aus der Welt der Engel zu rufen, versteckte sich Eliel in der Einsamkeit der menschlichen Welt. Die Tage vergingen, und der Engel, der einst durch den Himmel tanzte, fand sich nun gefangen in der Dunkelheit seiner eigenen Verzweiflung.

Doch das Schicksal meinte es gut mit Eliel. Marianne, eine ältere Witwe, die seit dem Tod ihres Mannes allein in einem bescheidenen Häuschen am Rande der Stadt lebte, fand den verletzten Engel. Mit einer Güte, die nur ein gebrochenes Herz zu geben vermag, schmuggelte Marianne den Engel in ihr Zuhause. Tag für Tag pflegte sie ihn mit einer Liebe, die keine Worte brauchte.

Während Eliels Flügel heilte, wuchs zwischen ihm und der alten Dame eine unerwartete Freundschaft. Eliel, der von den Geheimnissen des Himmels erzählte und Marianne, die ihm die Welt der Menschen näherbrachte, teilten Momente der Freude, der Traurigkeit und der Erkenntnis. Eliel lernte die Tiefe menschlicher Emotionen kennen – die Schönheit der Hoffnung, die Schwere des Verlustes und die Unvorhersehbarkeit der Liebe.

Als sein Flügel schließlich geheilt war, kehrte Eliel zurück in den Himmel, doch sein Herz blieb bei Marianne. Nur wenige Tage später, getrieben von Dankbarkeit und der tiefen Bindung, die sie geteilt hatten, besuchte er sie erneut. In seinen Händen hielt er einen Brief, einen letzten Gruß von ihrem verstorbenen Ehemann, der ihr durch göttliche Fügung übergeben wurde.

Als Marianne die Zeilen las, in denen Liebe, Trost und das Versprechen eines Wiedersehens lagen, füllten sich ihre Augen mit Tränen. Eliel, der neben ihr stand, konnte nicht anders, als ebenfalls zu weinen. In diesem Moment, verbunden durch eine Träne, erkannten sie, dass wahre Freundschaft und Liebe keine Grenzen kennen – weder die zwischen Himmel und Erde noch die zwischen Mensch und Engel.

Mia und Hops

Als ich noch ein kleines Mädchen war, habe ich mich oft gefragt, wo der Mond wohl schläft, wenn die Sonne den Himmel erhellt. Diese Frage verfolgte mich durch viele Nächte, in denen ich aus dem Fenster blickte und die Sterne beobachtete, bis meine Augen vor Müdigkeit zufielen. Doch der Traum, diese Antwort zu finden, blieb wach.

Heute lade ich dich ein, mich auf einer ganz besonderen Reise zu begleiten – eine Reise, die aus der Neugier eines Kindes geboren wurde. Ich verrate dir nichts von dem, was kommen wird, denn jede Entdeckung soll so frisch und aufregend sein wie der erste Tautropfen am Morgen.

Es war einmal in einem weit entfernten Land, in dem der Mond die Sonne jeden Abend zum Schlafen brachte, ein kleines Dorf am Rande eines geheimnisvollen Waldes. In diesem Dorf lebte ein kleines Mädchen namens Mia mit ihrem besten Freund, einem kleinen, flauschigen Kaninchen namens Hops.

Eines Abends, als der Himmel bereits in tiefes Blau getaucht war und die ersten Sterne zu blinken begannen, beschlossen Mia und Hops, ein Abenteuer zu erleben. Sie wollten herausfinden, wo der Mond schlafen geht, sobald er am Himmel nicht mehr zu sehen ist.

Mit Hops an ihrer Seite, machte sich Mia auf den Weg durch den geheimnisvollen Wald, der nachts ein ganz anderer Ort war, gefüllt mit den sanften Geräuschen schlafender Tiere und dem leisen Rascheln der Bäume. Die Sterne und der Mond schienen den Weg zu erleuchten, als wollten sie Mia und Hops auf ihrem Abenteuer begleiten.

Nach einer Weile des Gehens erreichten sie eine kleine Lichtung, in deren Mitte ein kristallklarer Teich lag. Der Mond spiegelte sich im Wasser, so hell und klar, dass es fast so aussah, als würde er darin schlafen.

„Vielleicht schläft der Mond hier im Teich", flüsterte Mia voller Staunen.

Hops, der sich neben ihr zusammenrollte, blickte auch in den Teich und gab ein zustimmendes Brummen von sich. Gemeinsam beschlossen sie, sich eine Weile neben den Teich zu setzen und den Anblick zu genießen. Während sie so saßen, fühlten sie, wie die Ruhe und der Frieden des Waldes sie umhüllten. Ihre Augen wurden schwer, und bald darauf schliefen beide, eingekuschelt aneinander, unter dem wachsamen Blick des Mondes und der Sterne ein.

Im Traum begann der See zu schimmern und verwandelte sich in einen Spiegel, der den Mondstrahlen einen Weg zu Mia und Hops bahnte. Der Mond, in seiner ganzen Pracht und Wärme sichtbar, schwebte sanft herab und setzte sich neben sie auf das weiche Gras. Er erzählte ihnen in seiner ruhigen, tiefen Stimme von den vielen Jahrhunderten, in denen er die Erde beobachtet hat, und von den sternenbesetzten Pfaden, die durch das Universum führen. Fasziniert lauschten Mia und Hops, während der Mond seine Hand ausstreckte und sie mit funkelndem Mondstaub bedecket, der sie in ein Gefühl der Geborgenheit und des Staunens hüllte.

Als sie am nächsten Morgen aufwachten, war der erste Sonnenstrahl bereits dabei, den Tau auf den Blättern zum Glänzen zu bringen. Mia und Hops blickten sich an und lächelten. Sie wussten, dass sie eine ganz einzigartige Traumreise miteinander geteilt haben, und das war ihr ganz besonderes Geheimnis.

Und so kehrten sie zurück in ihr Dorf, bereit für die nächsten Abenteuer, aber immer mit der Gewissheit im Herzen, dass die Nacht ein magischer Ort voller Geheimnisse und Wunder ist.

Und wenn sie nicht gestorben sind, dann träumen sie noch heute von ihren nächtlichen Abenteuern. Gute Nacht.

Mikko und der Bär

Hast du jemals den Ruf des Abenteuers in deinem Herzen gefühlt? Eine Sehnsucht, die so tief ist, dass sie dich in die stille, atemberaubende Schönheit einer Winternacht lockt? Ich lade dich ein, mir in eine Welt zu folgen, wo Träume heller leuchten als die Sterne und Freundschaften in den unwahrscheinlichsten Begegnungen wurzeln.

Möge dich meine kleine Geschichte daran erinnern, dass die schönsten Abenteuer oft mit dem ersten Schritt beginnen und dass die Nacht am hellsten leuchtet, wenn wir sie gemeinsam betrachten.

In einer großen finnischen Stadt, umgeben von schneebedeckten Hügeln und tiefen Wäldern, lebte ein Junge namens Mikko. Mikko träumte davon, die Welt zu erkunden. Doch am meisten sehnte er sich danach, die magischen Polarlichter zu sehen, von denen sein Großvater so oft erzählte. Eines Winters besuchte Mikko seine Großeltern auf dem Land, weit entfernt von der Hektik der Stadt. Es war der perfekte Ort, um die „Aurora Borealis" zu beobachten, doch der Himmel blieb Nacht für Nacht unter dicken Schneewolken verborgen.

Eines Abends, als der Schnee leise fiel und die Welt in ein stilles Weiß hüllte, konnte Mikko die Sehnsucht nicht länger ertragen. Er beschloss, ein Abenteuer zu wagen. Heimlich, mit nichts als seiner Neugier bewaffnet, kletterte er aus dem Fenster und verschwand in den verschneiten Wald.

Doch der Wald war groß und verwirrend, und bald verlor Mikko die Orientierung. Die Kälte kroch durch seine Kleidung und die Dunkelheit umhüllte ihn wie ein dichter Nebel. In seiner Verzweiflung rief er in die Stille, doch nur sein Echo antwortete ihm.

Plötzlich hörte er ein sanftes Brummen. Aus der Dunkelheit trat ein großer, freundlicher Bär, dessen Fell im Mondlicht glänzte. „Warum bist du allein in dieser kalten Nacht im Wald, kleiner Mensch?", fragte der Bär mit einer Stimme so tief und beruhigend wie das Rauschen eines Flusses.

Mikko, überrascht aber nicht ängstlich, erzählte von seinem Wunsch, die Polarlichter zu sehen. Der Bär lächelte. „Dann lass sie uns gemeinsam suchen", sagte er und bot Mikko seinen warmen Rücken als Schutz vor der Kälte an.

Sie wanderten durch den Wald, über zugefrorene Bäche und unter alten, knarrenden Bäumen hindurch. Als die Nacht am tiefsten war, riss der Himmel plötzlich auf, und die Dunkelheit wich einem Tanz aus grünen und violetten Lichtern, so lebhaft und schön, wie Mikko es sich nie hätte träumen lassen.

Da saßen sie, ein kleiner Junge und ein großer Bär, Seite an Seite im Schnee, und schauten hinauf zu den Polarlichtern, die über sie hinwegtanzten. In dieser Nacht, unter dem ewigen Licht des Nordens, fand Mikko nicht nur die Wunder der Natur, sondern auch einen Freund fürs Leben.

Als die ersten Strahlen des Morgengrauens den Himmel erhellten, brachte der Bär Mikko sicher zu seinen Großeltern zurück. Kein Wort wurde über sein nächtliches Abenteuer verloren, doch in seinem Herzen trug Mikko die Erinnerung an die Nacht, die Nordlichter und seinen neuen Freund, den Bären.

Und so, jedes Mal, wenn der Bär die Polarlichter am Himmel tanzen sah, dachte er zurück an die Nacht, die er mit seinem kleinen menschlichen Freund verbracht hatte, und in den Wäldern Finnlands erzählt man sich die Geschichte des Jungen und des Bären, die gemeinsam die „Aurora Borealis" fanden.

Die kluge Schlange

Stell dir vor, du betrittst einen Ort, der auf den ersten Blick wie aus einer anderen Zeit wirkt, doch birgt er ein Geheimnis, das weder Zeit noch Raum kennt. Ich möchte dich in eine Welt entführen, die von der Magie des Unsichtbaren und der Kraft der Freundschaft erzählt.

In dieser Welt befindet sich eine ganz besondere Apotheke, die nicht durch ihre Lage oder ihr Äußeres besticht, sondern durch das Herz und die Seele, die in ihren Mauern wohnen. Eine Geschichte, die zeigt, dass die wahren Schätze oft in den leisesten Stimmen und den unscheinbarsten Begegnungen zu finden sind.

Ohne zu viel zu verraten, lade ich dich ein, gemeinsam mit mir das Leben einer außergewöhnlichen Bewohnerin dieser Apotheke zu entdecken. Eine „Heldin", deren Gestalt dich vielleicht überraschen wird, deren Geist und Hingabe jedoch universell sind.

In einem kleinen, aber zauberhaften Dorf, versteckt zwischen grünen Hügeln und blühenden Wiesen, befand sich eine ganz besondere Apotheke. Es war nicht ihre Lage oder das Aussehen, das sie besonders machte, sondern eine ihrer Mitarbeiterinnen. Seraphina, eine kluge und wissbegierige Schlange, war die Seele der Apotheke. Mit ihrer langen, geschmeidigen Gestalt schlängelte sie sich geschickt zwischen den Regalen voller Heilkräuter, Tränke und natürlicher Medizin hindurch. Seraphina besaß ein außergewöhnliches Wissen über alle Arten von Heilmitteln, das weit über das ihrer menschlichen Kollegen hinausging.

Die Dorfbewohner schätzten Seraphina sehr und kamen oft in die Apotheke, um Rat und Heilmittel für ihre Leiden zu suchen. Unter ihnen war ein kleines Mädchen namens Lina, das regelmäßig den Weg zur Apotheke fand. Lina hatte eine kranke Großmutter, die ihr sehr am Herzen lag. Trotz ihres jungen Alters war Lina entschlossen, alles in ihrer Macht Stehende zu tun, um ihrer Großmutter zu helfen.

Seraphina, die von Linas Hingabe berührt war, tat ihr Bestes, um das Mädchen zu unterstützen. Sie empfahl spezielle Kräutertees, heilende Salben und sanfte Tränke, die Linderung versprachen. Jeden Abend, nachdem die Apotheke geschlossen hatte, vertiefte sich Seraphina in die alten Bücher und Schriften, in der Hoffnung, eine Heilung für Linas Großmutter zu finden. Doch trotz aller Bemühungen und des umfassenden Wissens der Schlange, verbesserte sich der Zustand der Großmutter nicht. Nach einer Weile verstarb sie, und das ganze Dorf trauerte mit der kleinen Lina.

In dieser schweren Zeit stand Seraphina dem Mädchen bei und bot ihr Trost und Verständnis. Aus dieser tiefen emotionalen Verbindung heraus entwickelte sich eine einzigartige Freundschaft zwischen dem Menschenkind und der klugen Schlange. Lina fand in Seraphina nicht nur eine Freundin, sondern auch eine Mentorin. Unter Seraphinas Anleitung begann Lina, das umfangreiche Wissen über natürliche Heilmethoden zu erlernen. Sie verbrachte jede freie Minute in der Apotheke, lernte die Eigenschaften verschiedener Kräuter kennen und wie man wirksame Medizin herstellt.

Mit der Zeit wuchs in Lina der Wunsch, in die Fußstapfen ihrer geschuppten Freundin zu treten und anderen Menschen zu helfen. Sie erkannte, dass wahre Heilung nicht nur im Körper, sondern auch im Geist und in der Seele stattfindet. Lina war fest entschlossen, ihr Leben dem Studium der natürlichen Medizin zu widmen und das Erbe ihrer geliebten Großmutter sowie das Wissen, das Seraphina ihr vermittelt hatte, weiterzuführen.

So wurde die Apotheke nicht nur ein Ort der Heilung, sondern auch ein Symbol für Hoffnung, Freundschaft und die unerschütterliche Verbindung zwischen den Generationen. Seraphina und Lina – die kluge Schlange und das entschlossene Mädchen – wurden zu Hüterinnen eines Wissens, das weit über die Grenzen ihres kleinen Dorfes hinausstrahlte, und zeigten, dass Mitgefühl und Verständnis die mächtigsten Heilmittel von allen sind.

Der Zwerg aus Breslau

Ich wusste gar nicht, dass es in der schönen Stadt Breslau ein faszinierendes Kunstprojekt zum Thema „Zwerge" gibt. Aber ich habe eine liebe Freundin, die mich aufgeklärt hat.

Ursprünglich entstanden die „Breslauer Zwerge" als Graffiti in den 1980er Jahren als eine Form des friedlichen politischen Widerstands.

2001 – als Hommage – wurde der erste Zwerg aufgestellt. Dies markierte den Beginn eines einzigartigen urbanen Projekts: Künstler begannen, kleine Zwergen-Statuen im gesamten Stadtzentrum von Breslau zu platzieren – dabei ist jeder Zwerg einzigartig.

Mit der Zeit wurden die Zwerge zu einer der Haupttouristenattraktionen Breslaus. Sie tragen nicht nur zur „Verschönerung" der Stadt bei, sondern dienen auch als eine Art moderner Schatzsuche für Besucher, die versuchen, so viele Zwerge wie möglich zu finden. Bis heute gibt es über 300 dieser kleinen Skulpturen, die über die ganze Stadt verteilt sind. Und hier habe ich eine kleine Geschichte...

Es war einmal in Breslau, eine Stadt bekannt für ihre bezaubernden Zwerge, die überall versteckt sind. Eines Tages fegte ein gewaltiger Sturm durch die Stadt. Die Menschen schlossen ihre Fenster und Türen, aber für einen kleinen Zwerg wurde der Sturm zu einer großen Herausforderung. Seine kostbare rote Mütze, das Zeichen seiner Zugehörigkeit und seines Stolzes, wurde vom Wind erfasst und davongetragen.

Der Zwerg war verzweifelt. Ohne seine Mütze würde er zum Gespött der anderen Zwerge werden und vielleicht sogar aus ihrer Gemeinschaft ausgeschlossen sein. So begab er sich auf eine abenteuerliche Suche, die ihn durch die ganze Stadt und darüber hinaus führte. Er suchte in jedem Winkel, hinter jedem Baum und unter jeder Brücke, aber seine Mütze war nirgends zu finden.

Währenddessen hatte ein kleines Mädchen, das nach dem Sturm draußen spielte, die rote Mütze entdeckt. Sie wusste, wie wichtig sie für ihren Besitzer sein musste, und beschloss, am Straßenrand darauf zu warten, dass er sie zurückforderte.

Der kleine Zwerg, erschöpft und traurig, hatte fast die Hoffnung verloren. Aber als er das Mädchen mit seiner Mütze sah, hüpfte sein Herz vor Freude. Dankbar nahm er seine Mütze zurück und versprach dem Mädchen, dass sie immer einen Freund in der Zwergen-Gemeinde haben würde.

Gerade rechtzeitig zum großen Zwergen-Festival im September war die Mütze gewaschen und geflickt. Mit seiner Mütze fest auf dem Kopf feierte er glücklich mit den anderen Zwergen. Es war ein Fest voller Freude, Musik und Tanz, und der kleine Zwerg war dankbarer denn je für die einfachen Dinge – sein Zuhause und seine Freunde. Und irgendwo in der Menge lächelte das kleine Mädchen, wissend, dass sie einem Zwerg zu großem Glück verholfen hatte.

Liebe & Trauer

Die Yoga-Ziege

Yoga ist eine jahrtausendealte Praxis, die ihren Ursprung in Indien hat und Körper, Geist und Seele durch körperliche Übungen, Atemtechniken und Meditation vereint. Diese ganzheitliche Praxis fördert nicht nur die körperliche Gesundheit und Flexibilität, sondern wirkt auch entspannend und ausgleichend auf den Geist, was zu einem erhöhten Wohlbefinden und innerer Ruhe führt. Manchmal aber führt eine tägliche Yogapraxis auch zu einer ungewöhnlichen Freundschaft...

In einem kleinen Dorf, eingebettet in die üppigen Landschaften Indiens, lebte ein junger Mann namens Arjun. Sein bester Freund war nicht etwa ein Mensch, sondern eine verspielte Ziege namens Gopi. Die beiden waren unzertrennlich und teilten jeden Moment des Alltags miteinander.

Jeden Morgen, bevor die Sonne die Nebeldecke über den Feldern auflöste, breitete Arjun seine Yogamatte auf dem kleinen Vorplatz seines Hauses aus. Während er seine Asana-Übungen praktizierte, gesellte sich stets Gopi dazu, die auf ihre eigene, tapsige Weise die Positionen nachahmte. Diese Morgenrituale waren für Arjun ein Moment der Ruhe und Einkehr, bevor er zur harten Arbeit auf die Felder ging.

Neben der Liebe zu Gopi hegte Arjun ein weiteres, tiefes Gefühl – er war in Kavita verliebt, ein kluges und schönes Mädchen aus dem Dorf. Seit Jahren beobachtete er sie heimlich, doch nie hatte er den Mut gefunden, sie anzusprechen. Kavita schien immer umgeben von Freunden und ihrer Familie, unerreichbar für Arjun, der meist nur in Begleitung seiner Ziege anzutreffen war. Ihr Lächeln raubte ihm stets den Atem. Doch jedes Mal, wenn er versuchte, ihr näherzukommen, verschlug ihm die Schüchternheit die Sprache.

Doch das Schicksal, oder vielleicht die schelmische Natur seiner Ziege, führte eines Tages alles in eine neue Richtung. Es war Markttag, und das Dorf war voller Leben. Arjun und Gopi mischten sich unter die Menschen, um einige Vorräte zu kaufen. Gopi, die immer ein Gespür für Arjuns Gefühle hatte, bemerkte Kavita, die nicht weit von ihnen entfernt stand.

Mit einem plötzlichen Schubs, wie es nur eine Ziege tun kann, stieß Gopi Arjun nach vorne – direkt in Kavita. Mit einem überraschten Aufschrei verlor Arjun das Gleichgewicht und stolperte gegen sie, wobei er eine Kiste mit Äpfeln umwarf. Äpfel rollten in alle Richtungen, und das Dorf hielt den Atem an.

Kavita, zunächst erschrocken, sah in Arjuns besorgte Augen und begann zu lachen. Zusammen sammelten sie die Äpfel auf, und zwischen den errötenden Gesichtern und hastigen Entschuldigungen fand Arjun endlich seine Stimme. „Es tut mir so leid, Kavita. Gopi ist manchmal etwas übermütig."

„Ich finde, sie hat uns einen guten Dienst erwiesen", entgegnete Kavita mit einem schelmischen Lächeln. „Vielleicht sollten wir uns bei ihr bedanken. Dass wir nun endlich miteinander sprechen, ist nur Gopi zu verdanken."

Kavita lachte, als sie zu Gopi hinuntersah, die scheinbar zufrieden mit ihrem Werk war. „Sie scheint nur zu wollen, dass du nicht alleine bist", sagte sie schmunzelnd.

Von diesem Tag an waren Arjun, Gopi und Kavita oft zusammen zu sehen. Gopi, die einst nur Arjuns Gefährtin war, wurde nun der Talisman für eine junge Liebe, die unter den wachsamen Augen des ganzen Dorfes erblühte. Inmitten von Feldarbeit und Festen, unterstützt von der Ziege, die alles ins Rollen gebracht hatte, wuchs eine tiefe Verbundenheit, die Arjun nie für möglich gehalten hätte.

Das Geheimnis von Väterchen Frost

Wenn ich durch die schimmernde Decke des ersten Schnees spaziere oder das erste zaghafte Grün des Frühlings unter meinen Füßen spüre, fühle ich mich stets als Teil eines uralten Märchens. Ein Märchen, das älter ist als die Zeit selbst, in dem jede Flocke und jede Blüte eine eigene Geschichte zu erzählen hat.

Liebe Leserin, lieber Leser, ich lade dich ein, mit mir auf eine Reise zu gehen. Eine Reise, die in einem langen Winter beginnt, in einer Zeit, in der die Welt in ein eisiges Schweigen gehüllt zu sein scheint.

Es war einmal ein alter Wintergeist namens Väterchen Frost, der durch die Wälder zog, um zu überprüfen, ob alle Pflanzen noch fest in ihrem Winterschlaf lagen. Sein Herz war so kalt wie der eisige Wind, der ihm stets folgte, und er kannte nichts anderes, als die stille Ruhe des Winters.

Eines Tages, als das neue Jahr gerade begonnen hatte, erblickte er auf seinem Weg eine wunderschöne Frau, die leise durch den Schnee tanzte. Ihr Lächeln war so warm und ihr Lachen so melodisch, dass es selbst das Herz des alten Wintergeistes zum Schmelzen brachte. Väterchen Frost verliebte sich augenblicklich in sie, obwohl er wusste, dass ihre Liebe unmöglich war – er war ein unsterblicher Geist und sie ein sterblicher Mensch.

Trotzdem konnte er nicht widerstehen und besuchte sie jeden Tag. Zu seiner Überraschung entdeckte er, dass auch sie Gefühle für ihn hegte. Sie verbrachten viele glückliche Stunden zusammen, lachten und tanzten im Schnee, und Väterchen Frost begann zum ersten Mal in seinem langen Leben, die Wärme der Liebe zu spüren.

Als der Frühling nahte und die Zeit kam, sich zu verabschieden, gestand die Frau ihm ihr Geheimnis: Sie war kein gewöhnlicher Mensch, sondern ein Baumgeist, ebenso unsterblich wie er. Sie hatte sich in den Wäldern versteckt und jahrhundertelang die Bäume und Pflanzen behütet.

Väterchen Frost war überwältigt von Freude und Erleichterung. Ihre Liebe war doch nicht unmöglich! Von da an zogen sie gemeinsam durch die Wälder, vereint in ihrer Unsterblichkeit und Liebe. Während Väterchen Frost den Winterschlaf über die Natur brachte, wachte sie über das Erwachen des Frühlings. So lebten sie glücklich, Jahr für Jahr, und brachten Harmonie in den Wechsel der Jahreszeiten.

Der kluge Retriever

Essen ist mehr als nur reine Nahrungsaufnahme – es ist Nahrung für die Seele, eine Quelle des Trostes und der Freude, die Menschen auf wunderbare Weise zusammenbringen kann. Und wenn man sein Herz mit guter Nahrung füttert, kann dort auch im Alter – nach Verlust und Schmerz – immer noch genug Platz sein, für einen neuen Menschen...

In einer kleinen Stadt, zwischen sanften Hügeln und belebten Gassen, lebte Herr Schneider, ein freundlicher Rentner, der kürzlich hierher gezogen war. Er hatte beschlossen, sich nach dem schmerzlichen Verlust seiner geliebten Frau einer neuen Umgebung zu stellen. In der Nähe seiner Kinder zu sein, schien ihm der beste Weg, die Einsamkeit zu lindern, die ihn seit ihrem Tod umgab. An seiner Seite war stets sein Hund Benny – ein treuer Golden Retriever, der ihm Trost und Gesellschaft bot.

Herr Schneider hatte eine tägliche Routine entwickelt. Jeden Morgen, gleich nach dem Frühstück, schnallte er Benny das Halsband um und zusammen streiften sie durch die alten Straßen der Stadt. Auf ihren Spaziergängen kamen sie regelmäßig an einem kleinen, aber bezaubernden Buchladen vorbei, der ausschließlich Koch- und Backbücher sowie allerlei Küchenutensilien und Tischdekorationen führte.

Die Besitzerin des Ladens, Frau Berger, war eine rüstige Dame im Rentenalter, die ihre Leidenschaft für das Kochen und das Teilen dieser Leidenschaft mit anderen nicht aufgeben wollte. Trotz ihres Alters und der Herausforderungen, die ein kleiner Laden mit sich brachte, hielt sie ihr Geschäft mit Hingabe am Laufen. Kochen war für sie nicht nur Nahrungsaufnahme, sondern eine Kunst, die die Seele berührte.

Herr Schneider mochte Frau Berger sehr. Ihre warmherzige Art und ihr sanftes Lächeln erinnerten ihn oft an seine verstorbene Frau. Benny schien sich ebenfalls in dem Laden wohlzufühlen, oft legte er sich entspannt zwischen die Regale und beobachtete die Kunden. Doch jedes Mal, wenn Herr Schneider daran dachte, wie sehr ihm der Laden und Frau Berger ans Herz gewachsen waren, zog ein Schuldgefühl ihn zurück. Er fühlte, als wäre es nicht richtig, sein Leben weiterzuführen und neue Bindungen zu knüpfen.

Eines Tages beschloss er, den Laden zu meiden. Er änderte seine Route, vermied es, auch nur in die Nähe der Buchhandlung zu kommen. Doch Benny – der kluge Hund, der er war – hatte andere Pläne. Immer wenn Herr Schneider nicht aufpasste, lief Benny davon und fand seinen Weg zurück zu dem Buchladen, wo er sich zwischen den Kochbüchern versteckte.

Jedes Mal fand Herr Schneider Benny im Laden, entspannt schlummernd neben einem Stapel von Backbüchern. An einem verregneten Donnerstag lächelte Frau Berger ihn an, als er hereinkam, und bot ihm eine Tasse Tee an. Während sie zusammen saßen und Benny beobachteten, wie er sich zwischen den Büchern räkelte, begannen sie zu reden. Herr Schneider erzählte von seinen Schuldgefühlen und seiner Angst, vorwärts zu gehen.

Frau Berger hörte geduldig zu, nickte verständnisvoll und teilte ihre eigenen Geschichten über Liebe, Verlust und die Bedeutung, weiterzumachen. „Das Leben", sagte sie sanft, „hat seine eigenen Pläne für uns, und manchmal müssen wir nur den Hunden folgen, um zu sehen, wohin sie uns führen."

Mit der Zeit fand Herr Schneider durch seine Gespräche mit Frau Berger und den täglichen Besuchen im Buchladen Trost und eine neue Perspektive auf das Leben. Benny, der kluge Hund, hatte auf seine eigene Weise dazu beigetragen, zwei Seelen zusammenzuführen, die vielleicht ohne ihn nie entdeckt hätten, wie viel Trost und Freude sie einander bieten konnten. In der Wärme des kleinen Buchladens, umgeben von Geschichten über das Kochen und das Leben, fand Herr Schneider schließlich einen neuen Ort, den er Zuhause nennen konnte.

Lin und der Buddha-Baum

Wir alle tragen Geschichten in uns, die uns formen, die leise in unseren Herzen flüstern und uns lehren, die Welt mit anderen Augen zu sehen. Die Geschichte, die ich mit dir teilen möchte, ist eine solche Lehrmeisterin. Sie ist aus den tiefsten Schichten meiner Seele entsprungen, in einer Zeit, in der die Welt um mich herum still zu stehen schien.

Ich lade dich ein, mit mir zu gehen, Schritt für Schritt, durch die verschlungenen Pfade des Verlusts und der Heilung – mit einem offenen Herzen und der stillen Hoffnung, dass meine Worte dich berühren mögen.

In einem kleinen Dorf, umgeben von den sanften Hügeln Asiens, lebte ein kleiner Junge namens Lin. Lin hatte seinen geliebten Großvater verloren, und der Schmerz seines Verlustes wog schwer auf seinem jungen Herzen. Er konnte nicht verstehen, warum sein Opa gehen musste, und warum er, trotz aller Gebete und Wünsche, nicht zurückkehren konnte. Lin zog sich immer mehr zurück, sprach kaum und seine strahlenden Augen verloren ihren Glanz.

Seine Familie machte sich große Sorgen um ihn. Alle versuchten, ihm mit Worten des Trostes zur Seite zu stehen, doch Lins Schmerz schien unüberwindlich. Es war seine Großmutter, die frisch zur Witwe geworden war, die einen Weg fand, Lin zu erreichen. Sie wusste, dass Worte allein nicht genug waren, um den Knoten des Kummers zu lösen, der in Lin wuchs.

Eines Morgens, als der Nebel die Spitzen der Berge berührte, nahm seine Großmutter den kleinen Lin bei der Hand und führte ihn auf einen alten Wanderweg, der sich hinter ihrem Haus durch die Berge schlängelte. Der Weg war nicht leicht – er war gesäumt von Schottersteinen und führte durch dichte Wälder, bis er schließlich zu einer großen Buddha-Statue führte, die majestätisch in der Stille des Berges thronte.

Während ihres Aufstiegs begann die Großmutter, in einer Mischung aus Weisheit und Sanftheit, über das Leben zu sprechen. „Weißt du, Lin", sagte sie, „der Tod ist wie die Wolken am Himmel. Manchmal verdecken sie die Sonne, und alles scheint düster und kalt. Aber die Wolken ziehen vorbei, und die Sonne kehrt zurück, um uns zu wärmen. So ist es auch mit dem Tod. Er mag uns von denen trennen, die wir lieben, aber er kann uns nicht die Erinnerungen nehmen, die wir teilen."

Sie erklärte Lin, dass der Tod ein natürlicher Teil des Lebens sei, ein Übergang, keine Endstation. „Es ist unser Recht, traurig zu sein", sagte sie, „denn jede Träne, die wir vergießen, ist ein Zeichen unserer Liebe. Aber wir müssen uns auch an das Lachen erinnern, an die Freude und die Liebe, die uns diejenigen hinterlassen haben, die gegangen sind. So ehren wir sie."

Als sie die Buddha-Statue erreichten, gab seine Großmutter ihm einen kleinen Samen. „Pflanze diesen Baum hier als Zeichen deiner Liebe und zur Erinnerung an deinen Großvater. Mit der Zeit wird er wachsen, stark und mächtig, genau wie die Liebe, die du in deinem Herzen trägst."

Lin pflanzte den Samen neben der Buddha-Statue, seine kleinen Hände fest im Boden. Mit jedem Besuch, den er und seine Großmutter dem Ort abstatteten, sah Lin, wie der Baum größer und stärker wurde – ein lebendiges Symbol der Erinnerung und der fortwährenden Präsenz seines Großvaters in seinem Leben.

Mit der Zeit lernte Lin, seinen Schmerz in Hoffnung zu verwandeln, gestärkt durch die Weisheit seiner Großmutter und die stetig wachsende Präsenz des Baumes neben der Buddha-Statue. Er verstand, dass der Tod zwar ein Abschied ist, aber auch ein Teil des großen Kreislaufs des Lebens, der uns alle verbindet.

Von Menschen und Göttern

Frau Holle
und das Geheimnis des Winters

Ich lade dich ein, einen Schritt in eine Welt zu treten, in der die Magie leise zwischen den Zeilen flüstert und in der die kalte Winternacht lebendig wird. Es ist eine Ehre für mich, dir die Geheimnisse und die Schönheit, die Frau Holle in sich birgt, näherzubringen. Seit meiner Kindheit habe ich eine tiefe Bewunderung für diese Gestalt aus dem Reich der Mythen und Legenden. Frau Holle, wie ich sie sehe, ist nicht nur eine Figur aus alten Geschichten, sondern eine Inspiration, die uns lehrt, dass hinter jeder Ecke der Natur ein Zauber verborgen liegt, der darauf wartet, entdeckt zu werden.

Möge diese Geschichte dich dazu inspirieren, auch in den kältesten Nächten nach Magie Ausschau zu halten, um die wahren Wunder, die oft in unscheinbaren Momenten verborgen sind, zu finden.

In einer kalten Winternacht, vom 5. auf den 6. Januar, als der Mond hoch am Himmel stand und die Sterne funkelten, wanderte eine besondere Gestalt durch die Gärten des Dorfes. Es war Frau Holle, die Hüterin der Jahreszeiten. Sie trug einen langen, silbernen Mantel und in ihrer Hand hielt sie einen kleinen Zauberstab, mit dem sie sanft die schlafenden Obstbäume berührte. Sanft flüsterte sie dabei: „Wacht auf! Wacht auf! Ihr Schläfer im Garten erwacht! Frau Holle segnet die Bäume für neue Blütenpracht!"

Jeder Baum, den sie sanft schüttelte, erwachte langsam aus seinem Winterschlaf, bereit, im Frühling wieder neue Früchte zu tragen. Ihre Arbeit war still und geheimnisvoll, und niemand hatte sie jemals dabei beobachtet. Doch in dieser Nacht war etwas anders.

Lena, ein kleines Mädchen aus dem Dorf das neugierig und mutig war, hatte Frau Holle vom Fenster ihres Zimmers aus beobachtet. Sie war so fasziniert von dem magischen Anblick, dass sie beschloss, heimlich aus dem Fenster zu klettern und Frau Holle zu helfen. Mit vorsichtigen Schritten folgte sie der geheimnisvollen Gestalt durch den Schnee von Baum zu Baum.

Frau Holle bemerkte das Mädchen und lächelte weise. „Was bringt dich in dieser kalten Nacht zu mir, kleines Mädchen?", fragte sie sanft. Lena, mit funkelnden Augen, antwortete: „Ich möchte dir helfen, die Bäume für den Frühling vorzubereiten."

Beeindruckt von Lenas Mut und Güte, ließ Frau Holle sie mithelfen. Zusammen weckten sie die Bäume auf, und Lena lernte die Magie der Natur kennen. Als die Arbeit vollbracht war, dankte Frau Holle dem Mädchen.

„Als Dank für deine Hilfe, sollst du ein Geschenk erhalten", sagte Frau Holle und schwenkte ihren Zauberstab. Vor Lenas staunenden Augen wuchsen mitten im Winter frische Erdbeeren aus dem Schnee. Sie waren süß und saftig, ein wahrhaft magisches Geschenk.

Lena pflückte mit einem Lächeln die Erdbeeren und Frau Holle reichte ihr einen kleinen Korb für die Schätze der Natur. Lena kehrte nach Hause zurück, im Herzen trug sie das Geheimnis der magischen Nacht. Von da an wusste sie, dass in jeder kalten Winternacht etwas Magisches geschehen kann, wenn man nur genau hinschaut.

Und so lebte Lena weiter, immer mit dem Wissen um die Magie der Natur und der Güte von Frau Holle, die in den stillen Winternächten leise durch die Gärten wandert.

Das Feuer

Als ich die „Feder ergriff", um diese Geschichte zu Papier zu bringen, tat ich dies mit einem Herzen voller Ehrfurcht und einer Seele, die sich nach dem Unfassbaren sehnt. Es ist eine Geschichte, die in ein Reich führt, wo das Göttliche und das Menschliche sich auf eine Weise vermischen, die unsere kühnsten Träume übersteigt. Es ist eine Geschichte, die die Essenz dessen einfängt, was es bedeutet, wahrhaftig zu lieben und zu leben.

Es war einmal in einem uralten Land, eingebettet zwischen mächtigen Flüssen und unendlichen Wäldern, wo die Götter noch auf Erden wandelten und mit den Menschen in Einklang lebten. In dieser Welt lebte Agni, der mächtige Gott des Feuers, in den himmlischen Gefilden, von wo aus er über das Wohl der Welt wachte.

Agni war nicht nur der Hüter des Feuers, sondern auch der Beschützer des Wissens und der Reinheit. Er wusste, dass das Feuer die Macht hatte, nicht nur Wärme und Licht zu spenden, sondern auch die Seelen der Menschen von ihren Lasten und Verfehlungen zu reinigen. Doch diese heilige Gabe hatte er den Menschen noch nicht überbracht. Er sah ihre Kämpfe und ihre Not, doch er blieb fern, ein Beobachter aus den Höhen des Himmels.

Doch eines Tages, als Agni durch die Lüfte glitt, erblickte er eine Sterbliche von solcher Anmut und Schönheit, dass sein göttliches Herz ins Wanken geriet. Ihr Name war Mira, eine einfache, aber außergewöhnlich gütige und mutige Frau, die für ihre Familie sorgte und in einem kleinen Dorf am Rande des großen Waldes lebte. Mira besaß eine seltene Reinheit der Seele, die Agni seit Jahrhunderten nicht mehr gesehen hatte.

Bewegt von ihrer Schönheit und Reinheit, entschied sich Agni, in die Welt der Menschen hinabzusteigen. In der Gestalt eines gewöhnlichen Mannes trat er in Miras Leben, und bald entfachte sich zwischen ihnen eine Liebe, die so leuchtend und warm war, wie das Feuer selbst.

Aber Agni wusste, dass ihre Liebe einer Prüfung unterzogen werden würde. Er sah, wie Mira und ihre Familie gegen die Kälte kämpften, wie sie ohne Feuer ihre Nahrung nicht kochen konnten und wie die Dunkelheit ihre Tage verkürzte. Und in diesem Moment erkannte Agni, dass seine Gabe an die Menschen nicht länger zurückgehalten werden konnte.

In einer mondlosen Nacht führte Agni Mira und ihre Familie zu einer kleinen Lichtung im Wald. Dort entfachte er mit einem Schlag seiner Hand ein Feuer, so hell und warm, dass es die Nacht zum Tag machte. Mira und ihre Familie standen in Ehrfurcht vor diesem Wunder, und Agni lehrte sie, wie man das Feuer hütet, wie man es nutzt, um zu kochen, zu wärmen und das Dunkel zu vertreiben.

Doch Agni enthüllte ihnen auch die tiefere Bedeutung des Feuers. Er sprach von der Reinigung der Seele, davon, wie das Feuer die Fähigkeit besitzt, die Lasten und Verfehlungen zu verbrennen, um die Seele zu läutern und zu erneuern. Mira und ihre Familie verstanden, dass das Feuer nicht nur ein Geschenk der Wärme und des Lichts war, sondern auch ein heiliges Werkzeug der Transformation.

Und so brachte Agni das Feuer in die Welt der Menschen, nicht nur als Gabe für seine geliebte Mira, sondern an die gesamte Menschheit. Er lehrte sie, das Feuer mit Respekt und Weisheit zu nutzen, und in jeder Flamme lebte ein Stück von Agnis Seele – eine

ewige Erinnerung an seine Liebe und sein Geschenk, denn Agnis
Zeit auf Erden war begrenzt.

Als seine Aufgabe erfüllt war, musste er sich von Mira trennen
und in die himmlischen Gefilde zurückkehren. Doch ihre Liebe
blieb unsterblich, verewigt in den Flammen, die bis heute in jedem
Herd und in jedem Herzen brennen. Und so leben der Feuergott
Agni und seine sterbliche Geliebte Mira in den Geschichten weiter,
die von Generation zu Generation erzählt werden – eine ewige
Flamme der Hoffnung, Liebe und Reinigung.

Anaya und die Göttin Lakshmi

Ich lade dich ein, mich in diese Geschichte zu begleiten, die zeigt, wie tiefgreifend ein reines Herz die Welt um sich herum erleuchten kann. Es ist eine Erzählung, die uns daran erinnert, dass Wunder möglich sind, wenn man an die Kraft des Lichts und der Liebe glaubt. Du kennst vielleicht Märchen, in denen Götter denjenigen erscheinen, die sie am meisten brauchen. In meiner Geschichte passiert genau das.

Diese Begegnung lehrt die Macht des Glaubens, der Hoffnung und der Liebe – und dass das wahre Licht von innen kommt.

In einem Dorf in Indien lebte ein kleines Mädchen, das Anaya genannt wurde. Anaya liebte Diwali, das Fest der Lichter. Die Häuser im ganzen Dorf waren in dieser Zeit mit hellen Lampen und bunten Mandalas geschmückt. Aber dieses Jahr war es anders. Anayas Vater hatte seine Arbeit verloren und ihre Familie konnte sich weder neuen Kleider noch Süßigkeiten für das Diwali-Fest leisten.

Am Vorabend von Diwali betete Anaya zu Lakshmi, der Göttin des Wohlstands und des Glücks, und bat sie um Hilfe. In der Nacht erschien die Göttin Anaya in ihren Träumen. Sie war umgeben von einem goldenen Schein und hielt eine leuchtende Diya-Lampe in ihrer Hand.

„Liebe Anaya", sagte Lakshmi mit einer Stimme so weich wie Seide, „Dein reines Herz und dein unerschütterlicher Glaube haben mich zu dir geführt. Ich werde dir drei Wünsche gewähren, aber wähle sie weise."

90

Anaya war überwältigt vor Freude. Sie dachte sofort an ihre Familie und wünschte sich zuerst, dass ihr Vater wieder Arbeit finden möge. Lakshmi lächelte und nickte. Als zweites wünschte sich Anaya genug Essen, damit ihre ganze Familie gemeinsam ein festliches Diwali-Mahl genießen konnte. Schließlich, nachdem sie nachgedacht hatte, wünschte sich Anaya das Wichtigste: Dass Jeder in ihrem Dorf das Diwali-Fest in Freude und Gesundheit verbringen könne.

Am nächsten Morgen wachte Anaya auf und fand ihr Haus gefüllt mit duftenden Speisen, neuen Kleidern und strahlenden Diya-Lampen. Ihr Vater kam mit der Nachricht nach Hause, dass er eine neue Arbeit gefunden hatte. Die Freude und das Glück waren nicht nur in Anayas Haus zu spüren, sondern im ganzen Dorf. Jeder feierte Diwali mit einem Herzen voller Dankbarkeit.

Anaya wusste, dass dies das Werk der gütigen Göttin Lakshmi war. Sie erinnerte sich an Lakshmis Worte im Traum: „Wahre Wunder geschehen, wenn man an die Kraft des Lichts und der Liebe glaubt." Und von diesem Tag an war Anayas Glaube unerschütterlich, und das Licht von Diwali leuchtete in ihrem Herzen heller als je zuvor.

Und so endet die Geschichte von Anaya und der Göttin Lakshmi, ein Märchen von Glauben, Hoffnung und der magischen Kraft von Diwali.

Iduns kleiner Apfelbaum

Idun ist eine Göttin aus der nordischen Mythologie, die vor allem für ihre „Äpfel der Jugend" bekannt ist. Diese magischen Äpfel gibt sie den Göttern zu essen, um sie ewig jung zu halten. Sie ist ein Symbol für Jugend und Erneuerung und mit dem Gott Bragi verheiratet. Ihre Apfelbäume hegt und pflegt sie. Aber was wäre, wenn ein Baum anders wäre?

Es war einmal in einem verzauberten Garten im Reich der nordischen Götter, wo die Göttin Idun, Hüterin der goldenen Äpfel der Jugend, über ihre kostbaren Apfelbäume wachte. Diese Bäume waren nicht wie andere – ihre Früchte verliehen ewige Jugend und brachten Weisheit zu denen, die das Glück hatten, sie zu kosten. Unter diesen wundersamen Gewächsen befand sich ein kleiner Apfelbaumschössling, der trotz Iduns liebevoller Pflege nicht gedeihen wollte. Er blieb kümmerlich und schwächlich, ein Sorgenkind inmitten des üppigen Gartens.

Tag und Nacht wachte Idun über das Bäumchen, flüsterte ihm Lieder der Stärkung zu und nährte es mit magischem Quellwasser, doch nichts schien zu helfen. Die Göttin, bekannt für ihr fröhliches Gemüt, wurde zunehmend betrübt, da sie das Leid ihres Schützlings nicht lindern konnte.

In ihrer Verzweiflung entschied sich Idun für einen ungewöhnlichen Schritt: Sie rief nach Hilfe aus der Welt der Menschen, ein Unterfangen, das Götter nur in den seltensten Fällen wagten.

Eine Nacht, unter dem silbernen Schein des Vollmonds, erschien ein alter Bauer in ihrem Garten. Er war kein gewöhnlicher Mensch, sondern einer, dessen Herz so rein und dessen Hände so geschickt waren, dass die Grenze zwischen den Welten für ihn keine Barriere darstellte.

Mit sanften Augen betrachtete der Bauer den kranken Schössling und erkannte sogleich das Problem: Dem Bäumchen fehlte es nicht an Liebe oder magischer Nahrung, sondern an Verbindung. „Jeder Baum", so sprach der weise Mann, „muss seine Wurzeln tief in die Erde strecken können, um sich mit der Welt um ihn herum zu verbinden. Er braucht Freundschaft, nicht nur Pflege."

Gemeinsam machten sie sich ans Werk. Idun brachte die Magie, der Bauer das Wissen um die Erde. Sie umgaben den Schössling mit einer Mischung aus göttlicher Essenz und nährstoffreicher Erde aus der Menschenwelt. Sie sprachen mit ihm, nicht nur über Wachstum, sondern auch über die Freuden des Lebens. Sie erzählten ihm von den weiten Feldern der Menschenwelt, von den Kindern, die unter den Bäumen spielten, und von den Vögeln, die in ihren Zweigen nisteten.

Mit der Zeit begann der Schössling zu gedeihen. Er streckte seine Zweige aus, als würde er nach den Geschichten greifen, die in der Luft hingen. Blätter entfalteten sich wie kleine Hände, die das Licht der Sonne und des Mondes fangen wollten.

Jahre vergingen, und der einst schwächliche Apfelbaumschössling wuchs zu einem stattlichen Baum heran, dessen Krone stolz in den Himmel ragte. Seine Äpfel glänzten im Sonnenlicht, reicher und süßer als je zuvor, ein Zeugnis der ungewöhnlichen Freundschaft zwischen der jungen Göttin und dem weisen Menschen.

Idun, deren Herz nun überquoll vor Freude, verstand, dass wahres Wachstum aus der Verbindung entsteht – der Verbindung zwischen den Welten, zwischen den Lebewesen und zwischen Herz und Seele. Der Garten war nicht nur ein Ort der Jugend, sondern auch der Einheit und des Verständnisses geworden.

Und so lehrte der Baum, einst schwächlich und nun mächtig, alle, die seinen Schatten suchten, die wahre Bedeutung von Stärke und Zärtlichkeit. Und Idun? Sie war nicht länger die Hüterin allein der Äpfel, sondern auch einer Weisheit, die weit über die Grenzen ihres Gartens hinausstrahlte.

Der junge Ganesha

Ganesha ist eine der beliebtesten und meist verehrten Gottheiten im Hinduismus und wird als der „Beseitiger von Hindernissen", der Patron der Künste und Wissenschaften sowie der Gott des Intellekts und der Weisheit angesehen. Traditionell wird er mit einem Elefantenkopf dargestellt und seine Verehrung ist ein wesentlicher Bestandteil vieler religiöser Zeremonien in Indien, besonders bei Beginn neuer Unternehmungen, da er als Glücksbringer für einen guten Start gilt.

In den üppigen Wäldern und lebendigen Dörfern Indiens streifte einst der junge Ganesha umher, getrieben von seiner unstillbaren Lust auf süße und würzige Leckereien. Mit seinem kugelrunden Bauch, der von den zahlreichen Festen zeugte, an denen er teilgenommen hatte, war Ganesha das Bild des puren Glücks.

Eines Tages, während eines besonders rauschenden Festes, konnte sich Ganesha nicht zurückhalten und aß mehr als je zuvor. Bald darauf plagten ihn furchtbare Bauchschmerzen, die ihn krümmen ließen. Unter den Festgästen bemerkte ein kleines Mädchen, wie der junge Gott litt. Mit einem Herzen voller Mitleid führte sie ihn zu ihrem Zuhause, wo sie ihm einen heilenden Tee zubereitete. Der Tee war angereichert mit Kräutern aus ihrem Garten, und bald linderten sich Ganeshas Schmerzen.

Ganesha fühlte sich in der Gesellschaft des Mädchens so wohl, dass er vorgab, noch einige Tage länger Bauchschmerzen zu haben, nur um bei ihr bleiben zu können. Sie spielten und lachten gemeinsam, und eine tiefe Freundschaft entstand zwischen ihnen. Doch nach einer Weile musste Ganesha weiter ziehen, Götter und Menschen sollten nicht zu lange zusammen leben...

Jahre vergingen, und das Mädchen wuchs zu einer jungen Frau heran. Eines Tages machte sie sich auf den Weg zu einem Markt in einem benachbarten Dorf. Doch das Schicksal meinte es nicht gut mit ihr – sie stolperte und verletzte sich am Knöchel. Allein und ängstlich, mit Schmerzen gequält und von der hereinbrechenden Dunkelheit bedroht, rief sie in ihrer Not Ganesha – den Gott, den sie einst gepflegt hatte.

Ganesha, der niemals ihre Güte vergessen hatte, die ihm einst zuteilgeworden war, hörte ihr Flehen. In einem Strahl von Licht erschien er vor ihr, hob sie sanft auf und trug sie sicher nach Hause. Während die Tage verstrichen, blieb er an ihrer Seite und wachte über ihre Heilung.

Nachdem ihr Knöchel geheilt war, versprach Ganesha, sie regelmäßig zu besuchen. Bei jedem Besuch brachte er seinen göttlichen Segen mit, eine Erinnerung an die unzerbrechliche Bande, die durch eine einfache Geste der Freundlichkeit entstanden war.

In dieser Geschichte lebt die Weisheit fort, dass Güte, einmal gegeben, immer wieder zu uns zurückkehrt, oft auf die unerwartetsten Weisen.

Bücher sind toll

Als leidenschaftliche Buchhändlerin und Autorin habe ich schon immer an die Magie von Worten geglaubt. Jedes dieser folgenden vier Märchen entführt dich in eine Welt, in der Bücher mehr sind als nur Gegenstände – sie sind Begleiter, Wächter und Erzähler von Geschichten, die das Herz berühren und den Verstand erweitern. Bücher sind toll!

In der Hasenhöhle

Es war einmal eine kleine Hasenfamilie, die in einer gemütlichen Höhle tief im Wald lebte. Der Frühling war gerade angebrochen, und die Blumen begannen zu blühen, während die Vögel fröhlich zwitscherten.

In dieser glücklichen Zeit saß eine liebevolle Hasen-Mama mit ihrem kleinen Jungtier in ihrer kuscheligen Höhle. Jeden Tag, wenn die Sonne durch die kleinen Öffnungen in der Höhle schien, nahm die Mama ein buntes Buch aus ihrem kleinen Bücherregal. Diese Bücher waren voller Abenteuer, magischer Welten und faszinierender Charaktere.

„Mein liebes Kind", sagte die Hasen-Mama, „diese Bücher sind Fenster in andere Welten. Sie lehren uns so viel über das Leben, über Freundschaft und Mut, über Träume und Fantasie."

Das Jungtier lauschte gespannt, während seine Mutter ihm Geschichten von fernen Ländern, tapferen Helden und wundersamen Begebenheiten vorlas. Mit jeder Geschichte, die die Hasen-Mama erzählte, leuchteten die Augen des Jungtiers vor Aufregung und Staunen.

„Siehst du, mein Kind", fuhr die Hasen-Mama fort, „wenn wir uns mit Geschichten und Büchern umgeben, sind wir niemals allein. Sie bereichern unser Leben, bringen Freude und lassen unsere Phantasie fliegen wie die Schmetterlinge draußen."

Das Jungtier nickte eifrig und fragte jeden Tag nach mehr Geschichten. Es lernte von fernen Königreichen, von der Bedeutung von Freundschaft und der Kraft der Hoffnung. Die Bücher wurden zu seinen Schätzen, und die Höhle, ein Ort voller Magie und Wunder.

Und so verbrachten die Hasen-Mama und ihr Jungtier den Frühling, umgeben von Büchern, die ihre Herzen mit Freude erfüllten und ihre Seelen mit Weisheit nährten. Sie lebten glücklich in ihrer kleinen Welt, bereichert durch die unendlichen Geschichten, die sie miteinander teilten.

Und das Jungtier wuchs heran mit dem Wissen, dass Bücher nicht nur Seiten und Worte sind, sondern Brücken zu Abenteuern, Träumen und einem tieferen Verständnis der Welt und sich selbst.

Das Eichhörnchen-Paar

In einem verträumten Wald, hoch oben in den Wipfeln alter Eichen, lebte einst ein altes Eichhörnchen-Ehepaar. Ihr Zuhause war ein gemütlicher Kobel, gefüllt bis zum Rand mit Büchern aller Art. Die Wände waren mit Regalen gefüllt, die unter der Last der vielen bewahrten Geschichten und Abenteuer beinahe zu bersten drohten.

Das Eichhörnchen-Weibchen, dessen Fell im Laufe der Jahre grau geworden war, hatte einen lahmen Fuß. Die Tage, in denen sie flink von Ast zu Ast hüpfte, waren längst vorbei. Doch ihr Geist war so lebhaft und neugierig wie eh und je. Ihr Ehemann, ein fürsorglicher Gefährte mit tiefen, klugen Augen, kümmerte sich liebevoll um sie. Jeden Tag kletterte er hinunter in den Wald, um Nahrung zu sammeln und frische Blätter und Kräuter für ihren Kobel zu bringen.

Doch das kostbarste Geschenk, das er ihr jeden Tag brachte, war die geistige Nahrung. Gemeinsam verbrachten sie ihre Tage, eingesunken in die Welt der Bücher. Sie lasen von fernen Ländern, von heldenhaften Taten und von Geheimnissen, die das Leben birgt. Jedes Buch war ein Fenster in eine andere Welt, ein Einblick in Abenteuer, die sie selbst nicht erleben konnten.

Das Eichhörnchen-Weibchen liebte diese Stunden des Lesens. Sie fühlte sich frei von den Grenzen ihres lahmen Fußes und reiste in Gedanken zu den Orten, über die sie gemeinsam lasen. Ihr Mann las ihr mit einer Stimme vor, die mal sanft und tröstend, mal aufgeregt und lebhaft war, je nachdem, welche Geschichte sie gerade teilten.

Trotz ihrer Einschränkungen waren sie ein glückliches Paar. Sie fanden Freude in den kleinen Dingen des Lebens – im Duft des Waldes, der durch ihr Fenster wehte, im Gefühl der Sonne auf ihrem Fell an klaren Tagen, und vor allem in den Geschichten, die sie zusammen lasen. Diese Bücher waren Brücken zu Abenteuern, die sie zwar nicht körperlich, aber im Geiste erlebten.

So vergingen die Jahre in ihrem Kobel voller Bücher. Sie waren dankbar für jeden Tag, den sie miteinander verbrachten, und für die unzähligen Reisen, die sie durch die Seiten ihrer Bücher unternahmen. In ihren Herzen wussten sie, dass sie, solange sie sich und ihre Bücher hatten, niemals wirklich allein oder unbeweglich sein würden. Sie lebten glücklich und zufrieden, umgeben von Liebe, Erinnerungen und den endlosen Geschichten, die sie miteinander teilten.

Der alte Drache

In einem weit entfernten, vergessenen Land, versteckt hinter nebel-verhangenen Bergen, lebte ein uralter Drache. Sein Schuppenkleid schimmerte in den Farben des Abendhimmels, und seine Augen hatten die Tiefe der ältesten Meere. Jahrhundertelang war dieser Drache von den Menschen gefürchtet, gejagt und missverstanden worden. Müde von Konflikten und Missverständnissen, hatte er sich in die Einsamkeit seiner tiefen Höhle zurückgezogen.

Sein einziges Fenster zur Welt waren die Bücher, die er im Lau-fe der Zeit gesammelt hatte. Jedes Buch war ein Schatz, gefüllt mit Geschichten und Legenden über andere Drachen – ihre Abenteu-er, ihre Weisheiten und ihre Begegnungen mit der Menschheit. In diesen langen Herbstabenden, wenn der Wind durch die Bäume heulte und das Laub in bunten Farben tanzte, fand der Drache Trost in diesen Geschichten.

Er las von Drachen, die über Meere flogen, von solchen, die in den tiefsten Höhlen Schätze hüteten, und von jenen, die weise und gütige Beschützer ganzer Reiche waren. Jede Geschichte entführte ihn in eine Welt, in der Drachen nicht gefürchtet, sondern verstan-den und respektiert wurden.

Doch tief in seinem Herzen hegte der alte Drache einen stillen Wunsch: Er hoffte, eines Tages eine Geschichte zu finden, in der er selbst der Held war. Eine Geschichte, die von seiner Weisheit, sei-ner Güte und den vielen Jahrhunderten seines Lebens erzählte. Eine Geschichte, die zeigte, dass auch er, trotz seiner mächtigen Erschei-nung, ein Herz voller Frieden und Verständnis besaß.

Mit jedem Buch, das er las, wuchs seine Hoffnung, dass ir-gendwo da draußen eine solche Geschichte existierte. Vielleicht, so dachte er, würde eines Tages ein Mensch oder ein anderer Drache kommen, um seine wahre Geschichte zu erzählen. Bis dahin fand er Freude in den Geschichten der anderen, die ihm Gesellschaft leisteten in seiner Einsamkeit.

Und so verbrachte der alte Drache seine Tage und Nächte, umgeben von Büchern und Erinnerungen. In der Stille seiner Höhle, nur durch das Flackern seiner Drachenflamme erhellt, träumte er von dem Tag, an dem seine eigene Geschichte erzählt werden würde – eine Geschichte von Weisheit, Frieden und dem tiefen Verständnis, das nur ein Wesen besitzt, das Jahrhunderte überdauert hat.

Der schlaflose Bär

Inmitten eines verschneiten Waldes, tief verborgen unter einem dichten Baldachin aus Tannen und Fichten, befand sich die Höhle eines großen, pelzigen Bären. Dieser Bär, mit einem Fell so dunkel wie die Mitternachtssterne und Augen, die funkelten wie kleine Eisstücke, hatte ein ungewöhnliches Problem: Er konnte seinen Winterschlaf nicht halten. Jedes Jahr, wenn der Winter kam und die Welt in Stille und Kälte hüllte, lag er wach in seiner Höhle, unfähig zu schlafen.

Um sich die langen, kalten Nächte zu vertreiben, hatte der Bär eine beeindruckende Sammlung von Büchern angelegt. Regale voller bunter Einbände und vergilbter Seiten zierten die Wände seiner Höhle. Es gab Geschichten über ferne Länder, tapfere Helden, magische Kreaturen und verborgene Schätze. Der Bär liebte es, sich in diese Bücher zu vertiefen, in der Hoffnung, eine Geschichte zu finden, die so langweilig war, dass sie ihn endlich in den Schlaf wiegen würde.

Doch jede Nacht, wenn der Bär ein Buch öffnete und zu lesen begann, fand er sich in einer Welt voller Spannung und Abenteuer wieder. Er las von stürmischen Meeren, von mutigen Rittern, die Drachen bekämpften, von listigen Füchsen, die durch dunkle Wälder streiften, und von verborgenen Königreichen unter der Erde. Jede Geschichte war fesselnder als die letzte, und der Bär fand sich immer wieder am Ende eines Buches wieder, ohne auch nur ein bisschen müde zu sein.

Nacht für Nacht durchstöberte er seine Bücher, immer auf der Suche nach einer Geschichte, die ihm helfen würde, in den Schlaf zu fallen. Aber es war vergebens. Selbst die trockensten historischen Abhandlungen, die er in einer staubigen Ecke seiner Höhle gefunden hatte, entpuppten sich als faszinierende Erzählungen, die seinen Geist wach hielten.

Der Bär seufzte und blickte auf den Schnee, der sanft vor dem Eingang seiner Höhle herabfiel. Er wusste, dass er schlafen sollte, dass es für einen Bären wichtig war, seinen Winterschlaf zu halten. Aber die Geschichten, die ihn umgaben, waren zu verlockend, zu aufregend, um sie einfach beiseite zu legen.

In einer kalten, sternklaren Nacht beschloss der Bär, sich selbst eine Geschichte auszudenken, eine so langweilige und monotone Geschichte, dass sie ihn sicher in den Schlaf führen würde. Er begann, sich selbst eine Geschichte über einen Bären zu erzählen, der einfach nur schlief, Tag ein, Tag aus, ohne Abenteuer, ohne Aufregung.

Doch selbst in dieser Geschichte fand der Bär Wege, Abenteuer hinzuzufügen – Träume von fernen Ländern und heldenhaften Taten, die er im Schlaf erlebte. Und so, während er träumte, fand der Bär endlich seinen lang ersehnten Schlaf, eingehüllt in die Geschichten und Abenteuer, die sein Herz begehrte, selbst in der tiefsten Ruhe des Winterschlafs.

Weihnachten

In den folgenden Geschichten können wir gemeinsam in die wundervolle Welt der Weihnachtszeit eintauchen. Eine Zeit, in der die Schneeflocken sanft vom Himmel tanzen, die Straßen in ein goldenes Licht getaucht sind und die Luft von einem Hauch von Zimt und frisch gebackenen Plätzchen erfüllt ist – jedenfalls im Märchen ist es häufig so. In der Realität sind wir oftmals gehetzt und können in diesen Tagen nur selten zur Ruhe kommen. Trotzdem ist es eine Zeit, in der die Herzen ein wenig leichter sind und die Augen ein bisschen mehr zum Leuchten gebracht werden.

Meine Geschichten sollen nicht nur die Magie dieser besonderen Zeit einfangen, sondern auch die tiefen Gefühle, die sie in uns wecken kann. Ich erzähle von verschneiten Wäldern, geheimnisvollen Begegnungen und unerwarteten Wundern, die zeigen, wie bedeutend Liebe, Hoffnung und das Zusammenkommen sind.

Jedes Märchen ist ein Fenster in eine Welt, in der das Unmögliche möglich wird, und in der die Wärme des Weihnachtslichts selbst das kälteste Herz erwärmen kann. Ich hoffe, dass diese Geschichten dir Freude bereiten und dich dazu inspirieren, die Magie der Weihnachtszeit in deinem Herzen zu bewahren, lange nachdem der letzte Schnee geschmolzen ist. Öffne dein Herz für die kleinen Wunder, die uns umgeben, und lass uns gemeinsam die Schönheit dieser besonderen Zeit feiern.

Der kleine Wichtel

Es war einmal ein kleiner Wichtel, der war ganz furchtbar neugierig und schlich sich heimlich von seiner Familie und den Freunden davon, um die Welt zu erkunden. Er liebte sein Zuhause, den Wald und alle Tiere sehr, doch irgendetwas zog ihn immer wieder – wie magisch – davon. Er wusste nicht was es war, aber wann immer er die Möglichkeit hatte, verließ er seine Wichtelpflichten und stahl sich geschwind davon.

Eines Abends gelangte er an den Waldrand und war weiter von zu Hause entfernt als jemals zuvor. Er fürchtete sich ein wenig, aber der Geruch von etwas, das er nicht kannte und so verführerisch in seiner Nase kitzelte, ließ ihn seine Angst überwinden.

Er kam an ein Haus, in dem Menschen wohnten. Er hatte zwar schon von den Menschen gehört, aber noch nie zuvor hatte er welche gesehen. Vorsichtig kletterte unser kleiner Wichtel am Haus hinauf, bis er eine Fensterbank erreichte und schaute in das Haus hinein. Eine alte Menschenfrau backte gerade mit einem kleinen Jungen Kekse – der Duft nach Zimt, Vanille und Sternanis war intensiv und so verlockend…

Das Fenster stand einen kleinen Spalt auf und da die fertig gebackenen Kekse zum Abkühlen am Fenster lagen, schlüpfte der Wichtelmann durch den winzigen Spalt und mopste sich einen der wohlriechenden Weihnachtskekse…

Gerade als er herzhaft hineinbeißen wollte, entdeckte ihn eine Menschenfrau. Sie schrie laut: „Mäuse! Mäuse!" und versuchte den kleinen Wichtel mit einem Besen zu erschlagen. Im allerletzten Moment entkam er durch das Fenster und rannte so schnell er konnte zurück in den nahegelegen Wald. An einer alten Eiche machte er eine Rast und sah sich um – Niemand folgte ihm…

Er war völlig aus der Puste und sein Herz schlug so schnell wie niemals zuvor. Den Weihnachtskeks konnte er nicht einmal probieren, vor Schreck hatte er ihn fallen gelassen. Traurig machte sich der Wichtel auf den Weg zurück nach Hause.

Die Tage kamen und gingen, die Wintersonnenwende stand vor der Tür und unser kleiner Wichtel konnte die wohlriechenden Weihnachtskekse einfach nicht vergessen. An einem grauen Tag, es war nicht viel zu tun in der Wichtelwelt, kehrte er zum Haus der Menschen zurück. Er wollte sich wieder hinter der dicken Eiche verstecken und die Kekse wenigstens riechen. Dort an seiner Eiche stand ein kleiner Teller und auf dem Teller lagen ein Brief und ein Weihnachtskeks. Der Wichtel traute seinen Augen kaum, er öffnete den Brief:

„Lieber Wichtel! Bitte verzeihe meiner Mama, dass sie dich verjagt hat. Sie wusste nicht, wer Du bist und wie bedeutend das Wichtelvolk für uns Menschen und die Natur ist. Aber meine Großmutter hat ihr Alles erklärt. Nimm unser kleines Geschenk an und komm bald wieder, ich wäre gerne dein Freund.“

Der kleine Wichtel war ganz berührt und nachdem er in den Keks gebissen hat, hatte er Freudentränen in den Augen. So oft er konnte besuchte er das Menschenhaus und lernte den kleinen Jungen kennen. Die beiden verstanden sich sofort, tauschten Geschichten aus und wurden Freunde.

Eines Tages, es war schon im neuen Jahr, kam der Menschenjunge nicht zum vereinbarten Treffpunkt. Das Wichtelein machte sich Sorgen und ging näher ans Haus heran. Im Fenster konnte er sehen, das sein Freund schwer krank war, er hatte einen schlimmen Husten.

Der Wichteljunge eilte sogleich zurück nach Hause und sammelte dort alle Heilkräuter aus den großen Vorräten des Wichtelvolks, diese brachte er in die Menschenwelt. Nach einigem Zögern traute er sich und klopfte vorsichtig ans Fenster. Die Großmutter erkannte ihn und ließ ihn ins Haus hinein. Aus den Heilkräutern brauten sie zusammen einen Hustensaft und gaben dem Menschenkind davon. Nach wenigen Tagen wurde es besser und der kleine Junge wurde wieder gesund.

Aus Dankbarkeit und weil er sah, wie wichtig die Freundschaft zwischen den Menschen und den Naturgeistern ist, baute der Vater eine kleine Wichteltür in sein Haus, damit die Wichtel jederzeit zu Besuch kommen konnten…

Der Weihnachts-Wunderstein

Es war einmal in einem kleinen, gemütlichen Dorf, das tief in einem verschneiten Tal lag. Dort lebte eine Familie, die für ihre außergewöhnliche Weihnachtstradition bekannt war. Jedes Jahr, am Vorabend von Weihnachten, versammelte sich diese Familie um ein knisterndes Feuer und erzählte die Geschichte des Weihnachtswunder-Edelsteins.

Die Geschichte des Weihnachtswunder-Edelsteins war ein geschätztes Geheimnis, das von Generation zu Generation weitergegeben wurde. Sie begann mit einem bescheidenen Dorfbewohner, der an einem klaren Heiligabend tief im nahegelegenen Wald auf einen strahlenden Edelstein stieß. Dieser Edelstein, so hieß es, besaß die außergewöhnliche Kraft, Herzen mit Hoffnung, Liebe und grenzenloser Freude zu erfüllen.

Der Dorfbewohner glaubte, dass dieser Edelstein ein göttliches Geschenk war, und beschloss, seine Magie mit dem Dorf zu teilen. Indem er ihn im Herzen des Dorfplatzes platzierte, wurde der Edelstein zum Symbol des Weihnachtsgeistes. Jedes Jahr an Heiligabend würde er noch heller leuchten und sein warmes, bezauberndes Licht auf all diejenigen werfen, die sich um ihn versammelten.

Mit den Jahren gedieh das Dorf, und der Edelstein wurde ein fester Bestandteil seiner Weihnachtstraditionen. Die Dorfbewohner kamen zusammen, um den Edelstein zu umkreisen, Geschichten zu teilen, Weihnachtslieder zu singen, Geschenke auszutauschen und Freundlichkeiten füreinander zu tun.

Diese außergewöhnliche Tradition lag besonders einer Familie am Herzen. Sie glaubten daran, dass der Edelstein die Kraft besaß, alte Wunden zu heilen und entfremdete Herzen zu versöhnen. An einem Heiligabend entfaltete sich vor ihren Augen ein Wunder.

Ein Familienmitglied hatte sich von einem anderen entfremdet, aufgrund eines bitteren Streits. Sie hatten sich jahrelang gemieden, während Ärger und Groll in ihnen wuchsen. Doch als sie neben dem strahlenden Edelstein standen, schmolz ihr Groll in seiner Wärme und seinem Glanz dahin. Tränen stiegen in ihren Augen auf, und sie umarmten sich, vergaben einander und heilten die Wunden der Vergangenheit. Es war ein Moment der Versöhnung und Vergebung – ein wahres Weihnachtswunder.

Die Nachricht von dieser wundersamen Versöhnung verbreitete sich im Dorf. Menschen aus benachbarten Dörfern kamen angereist, um die bezaubernde Kraft des Edelsteins zu erleben. Auch sie erlebten seine transformative Magie.

Von diesem Tag an machte die Familie zusammen mit dem gesamten Dorf es sich zur Aufgabe, die Geschichte des Weihnachtswunder-Edelsteins zu teilen. Sie glaubten an seine Fähigkeit, zerbrochene Beziehungen zu heilen, Familien zu vereinen und Taten der Freundlichkeit und des Wohlwollens zu inspirieren.

Und so lebte die Legende des Weihnachtswunder-Edelsteins weiter – ein Zeugnis der außergewöhnlichen Kraft von Liebe, Vergebung und der Verzauberung von Weihnachten. Sie diente als zeitlose Erinnerung daran, dass Wunder tatsächlich möglich waren, wenn Herzen offen und vereint waren, besonders in der heiligsten Nacht des Jahres.

Die Weihnachtsgurke

Es war einmal eine kleine Gurke, die sehr traurig war. Niemand, aber wirklich niemand mochte sie in der Advent- und Weihnachtszeit. Dabei ist doch gerade diese Zeit die Schönste des ganzen Jahres.

Alle Gurken gaben sich Mühe, dass die Menschen sie doch noch gern haben würden. Sie ließen sich klein schneiden und in den Kartoffelsalat mischen, sie ließen sich kochen und in der Suppe pürieren, sie ließen sich braten, schmoren und sogar füllen, aber nichts hat geholfen. In der dunklen Zeit des Jahres mochten die Menschen Rotkohl, Kürbis und Süßkartoffeln einfach lieber.

Alleine saß unsere kleine Gurke im Keller und weinte ganz bitterlich. Sie weinte so sehr, dass ihre Tränen bis in die Welt der Elfen flossen. Eine der Weihnachtselfen hatte Mitleid mit der kleinen Gurke und besuchte sie in ihrem Keller. „Ach, liebe Gurke, weine nicht!", sagte die Elfe. „Ich bin hier, um Dir zu helfen. Du wirst das beliebteste Gemüse bei den Kindern."

Die kleine Gurke wischte sich die Tränen aus den Augen und konnte ihr Glück kaum fassen. „Aber!", sagte die Elfe, „nur am 24. Dezember – nur an diesem Tag werden dich alle Kinder voller Hoffnung suchen und eins der Kinder wird mit deiner Hilfe einen besonders schönen Moment erleben."

Die Adventzeit ging vorüber und noch immer war die kleine Gurke allein. Sie hatte schon fast die Hoffnung aufgegeben und geglaubt, dass die Elfe ihr Versprechen nicht einhalten konnte.

Doch dann kam der Heilige Abend. Das Licht im Keller ging an und die Mutter des Hauses kam hinunter, um die Gurke zu holen. In der guten Stube band die Mutter ein goldenes Bändchen um die Gurke und suchte ihr einen kleinen, gut versteckten Ast in dem wunderschön geschmückten großen Weihnachtsbaum. Als das

Glöckchen klingelte und die Kinder in die Stube stürmten, riefen alle sofort: „Ich finde die Gurke." „Wo ist denn die Gurke?"

Die kleine Gurke war ganz erstaunt. Dann griff ein kleines Mädchen, das Nesthäkchen der Familie, nach ihr und drückte die Gurke ganz fest an ihr Herz. „Mami, ich habe die Gurke gefunden." „Das ist schön mein Schatz, dann darfst Du an diesem Weihnachtsabend als erste dein Geschenk auspacken.", antwortete die Mutter liebevoll.

Das kleine Mädchen ließ die Gurke den ganzen Abend nicht mehr allein, sie nahm sie sogar mit ins Bett und legte sie auf ihren Nachttisch. „Gute Nacht, liebe Gurke und vielen Dank!", sagte sie während sie herzhaft gähnte. Die kleine Gurke konnte in dieser Nacht nicht schlafen, sie schaute die ganze Zeit das kleine Mädchen an, das sie so glücklich gemacht hatte.

Die Wichteltür

Es war einmal ein kleines Mädchen, das in einem gemütlichen alten Haus am Rande eines zauberhaften Waldes lebte. Das Mädchen hatte schon immer eine lebhafte Fantasie und glaubte fest an die Existenz von Wichteln, Elfen und anderen magischen Wesen.

An einem Abend im Advent, als der Schnee sanft vom Himmel fiel und das Haus von einem warmen, einladenden Licht erleuchtet wurde, hörte das Mädchen ein leises Klopfen, das aus der Nähe des Kaminvorsprungs zu kommen schien. Verwundert und aufgeregt näherte es sich dem Kamin und entdeckte eine winzige, sorgfältig geschnitzte Tür, die in den Holzvorsprung eingelassen war. Über der Tür stand in filigranen Buchstaben „Wichteltür".

Das Mädchen konnte sein Glück kaum fassen. Es wusste sofort, dass dies eine Verbindung zur Welt der Wichtel sein musste, und es schien, als wäre dies ein ganz besonderes Weihnachtsgeschenk. Mit vorsichtigen, aufgeregten Fingern öffnete es die Tür und trat in die Dunkelheit dahinter.

Als es hindurchging, fand es sich plötzlich in einer magischen Welt wieder. Alles war wunderschön und einladend. Das Mädchen stand in einem winzigen Wichtelzimmer mit winzigen Möbeln und winzigen Büchern. Und da, auf einem winzigen Stuhl, saß ein freundlicher Wichtel mit einem roten Zipfelmützchen und einem langen Bart.

Der Wichtel erzählte dem Mädchen von seiner Welt und den Vorbereitungen für das Weihnachtsfest der Wichtel. In der Welt der Wichtel spielte Weihnachten eine besondere Rolle, und sie feierten es mit Geschenken, festlichen Essen und dem Teilen von Freude.

Das Mädchen und der Wichtel wurden sofort Freunde und begannen, gemeinsam kleine Abenteuer zu unternehmen, um den Wichteln bei den Weihnachtsvorbereitungen zu helfen. Sie dekorierten winzige Bäume, wickelten Geschenke ein und backten winzige Lebkuchen und Kekse.

Am Weihnachtsabend kehrte das Mädchen durch die Wichteltür in die Welt der Menschen zurück und fand eine wunderschöne Überraschung: Die Wichtel hatten das Wohnzimmer mit funkelnden Lichtern geschmückt und winzige Geschenke unter den Baum gelegt, begleitet von einem Brief, in dem sie dem Mädchen und seiner Familie frohe Weihnachten wünschten.

Die Geschichte von dem Mädchen und der Wichteltür im Haus wurde in der ganzen Nachbarschaft bekannt, und bald begannen auch andere Kinder nach Wichteltüren in ihren Häusern zu suchen. Mit der Zeit wuchsen die Freundschaften zwischen den Kindern und den Wichteln, und die Magie des Zusammenlebens zwischen zwei Welten erfüllte die Herzen aller Beteiligten mit Freude und Staunen.

Und so lebte das Mädchen in seinem gemütlichen alten Haus am Rande des zauberhaften Waldes und freute sich jedes Weihnachten auf die magische Welt der Wichtel, die so viel Freude und Glück brachte.

Einar und die Weihnachtskatze

Es war einmal in einem kleinen Dorf in Island, umgeben von schneebedeckten Bergen und rauer Landschaft, eine riesige, alte Katze namens Jólakötturinn – die Weihnachtskatze. Eigentlich wohnt sie in den Bergen bei der mächtigen Trollfrau Grýla und ihren dreizehn Söhnen, den Weihnachtstrollen. Aber in der Höhle war es so einsam in der Adventszeit, weil sich die Trolle auf den Weg in die Welt der Menschen machten und auch unsere Weihnachtskatze besuchte die Menschen ganz gerne...

Jólakötturinn war mittlerweile aber so alt, dass es ihr schwer fiel, weite Strecken zu laufen und auch ihre einst scharfen Krallen waren stumpf geworden. Trotzdem hatte sie immer noch einen furchteinflößenden Ruf, denn es hieß, sie würde Kinder jagen, die zu Weihnachten keine neuen Kleider bekamen. Doch in Wahrheit war sie mittlerweile nur eine müde, hungrige alte Katze.

In einem nahegelegenen Dorf lebte ein kleiner Junge namens Einar. Einar hatte von der Legende der Weihnachtskatze gehört, aber er glaubte nicht an die gruseligen Geschichten. Eines Tages, als er durch die Lavafelder lief, sah er die riesige Katze. Sie war dünn und ihre Augen waren traurig. Einar spürte Mitleid für die alte Katze und beschloss, ihr heimlich zu helfen.

Jeden Tag brachte Einar der Katze etwas zu essen und mit der Zeit gewann er ihr Vertrauen. Jólakötturinn begann, Einar zu lieben, und wartete jeden Tag auf seine Ankunft. Sie mochte es besonders neben Einar zu sitzen, während er ihr sanft über das Fell strich und vor allem ihre Ohren kraulte. Ihre Freundschaft wuchs, und Einar erzählte der Katze all seine Geheimnisse und Träume.

Trotz ihrer Freundschaft versuchte Jólakötturinn, ihren Ruf als gefürchtetes Monster zu bewahren. Sie brüllte manchmal laut in der

Nacht, damit die Dorfbewohner weiterhin Angst vor ihr hatten. Doch Einar wusste, dass sie in Wirklichkeit ein sanftes Wesen war.

Die Legende der Weihnachtskatze veränderte sich mit der Zeit. Die Kinder des Dorfes begannen, Geschichten über die freundliche Riesenkatze zu erzählen, die nur so tut, als wäre sie ein Monster. Sie wurde zu einem Symbol der Freundlichkeit und des Mitgefühls, und die Menschen erinnerten sich daran, dass manchmal die schrecklichsten Wesen nur jemanden brauchen, der ihnen Liebe zeigt.

Und so lebten Einar und Jólakötturinn viele glückliche Jahre zusammen. Jede Adventszeit besuchte die alte Katze Einar und sie tauschten Geschichten aus – Einar erzählte, wie es ist in der Welt der Menschen erwachsen zu werden und Jólakötturinn erzählte von den Weihnachtstrollen und ihrer seltsamen Angewohnheiten. Beiden freuten sich über das besondere Band der Freundschaft, das sie miteinander verband.

Die vier Elemente

Entspannungsphasen sind wichtig, um Stress abzubauen und unsere geistige sowie körperliche Gesundheit zu erhalten. Sie ermöglichen es uns, zu regenerieren, unsere Gedanken zu klären und unsere Energie aufzuladen, was letztendlich unsere Lebensqualität steigert. Durch regelmäßige kleine Übungen können wir aktiv dazu beitragen, Stress zu reduzieren, unsere Entspannungsfähigkeit zu verbessern und ein insgesamt ausgeglicheneres Leben zu führen.

Der Wasserfall und die Nordlichter

Suche dir einen ruhigen Ort, wo du ungestört sein kannst. Setze oder lege dich bequem hin, schließe deine Augen und atme tief ein und aus.

Stelle dir vor, du bist auf Island, an einem ruhigen Ort in der Nähe eines Wasserfalls. Höre das beruhigende Rauschen des Wassers.

Konzentriere dich auf deine Atmung. Atme tief ein und zähle dabei langsam bis vier. Halte den Atem für vier Sekunden. Atme dann langsam über vier Sekunden aus. Wiederhole dies einige Male.

Stelle dir vor, wie die Polarlichter am Himmel tanzen. Beobachte in deiner Vorstellung, wie die Farben sich sanft ändern – grüne, blaue und violette Schattierungen, die sich wie Seidenschleier durch die Dunkelheit bewegen.

Die Lichter scheinen zu pulsieren, als ob sie im Einklang mit einem unsichtbaren Rhythmus atmen. Mal erstrahlen sie intensiv und leuchtend, mal verblassen sie zu einem sanften, diffusen Glühen, während sie sich wie zarte Bänder über den Nachthimmel ziehen.

Die Farbspiele wechseln stetig, erzeugen fließende Übergänge und malen dabei ein immer wieder neues, faszinierendes Himmelsbild, das die Sinne verzaubert.

Entspanne deinen Körper. Lasse beim Einatmen Entspannung in deinen Körper fließen. Beginne bei den Füßen und arbeite dich langsam nach oben, bis du den Kopf erreichst. Spüre, wie jeder Teil deines Körpers schwerer und entspannter wird.

Sei dankbar. Denke an etwas, für das du dankbar bist – vielleicht für die Schönheit der Natur, die du dir gerade vorstellst oder etwas anderes in deinem Leben.

Wenn du bereit bist, bringe deine Aufmerksamkeit langsam zurück in den Raum. Bewege deine Finger und Zehen, atme tief ein und öffne langsam deine Augen.

Nimm dir einen Moment Zeit, um die Ruhe und Entspannung zu genießen, die du gerade erlebt hast. Denke daran, dass du jederzeit in diesen Zustand zurückkehren kannst, indem du dir die Szene des Wasserfalls und der Nordlichter vorstellst.

Besuch im mystischen Baumhaus

Finde einen ruhigen Ort, an dem du ungestört bist. Setze dich bequem hin oder lege dich hin.

Schließe zunächst deine Augen und atme tief ein und aus. Konzentriere dich auf deinen Atem – wie die Luft ein- und ausströmt, wie sich dein Brustkorb hebt und senkt.

Stell dir nun ein mystisches Baumhaus vor. Lass deinen inneren Blick über das Haus wandern, erkenne die Details des Hauses, die umgebenden Bäume, die Lichtstrahlen.

Langsam näherst du dich diesem Baumhaus in einem tiefen, lebendigen Wald. Du gehst auf den Baum zu, auf dem das Haus gebaut ist, und spürst die rauen, starken Äste.

In deiner Vorstellung beginnst du nun, die hölzerne Treppe, die sich elegant um den massiven Baumstamm windet, hinaufzusteigen. Das warme, natürliche Holz knarzt leicht unter deinen Füßen, und ein zarter Duft nach frischem Laub und Erde steigt in deine Nase.

Mit jedem Schritt, den du machst, spürst du, wie die Anspannung in deinem Körper nachlässt. Die Umarmung des mächtigen Baumes vermittelt dir ein Gefühl der Geborgenheit und Ruhe. Ein sanftes, goldfarbenes Licht fällt durch die Blätter und spielt auf deinen Händen und deinem Gesicht.

Je höher du steigst, desto leichter und entspannter fühlst du dich, als ob du jede Sorge und jeden Ballast mit jedem Schritt ein wenig mehr hinter dir lassen würdest. Du hörst das leise Rauschen des Windes in den Blättern und das Zwitschern der Vögel, das dir ein Lächeln ins Gesicht zaubert und deine Sinne beruhigt.

Oben angekommen, betrittst du das Baumhaus. Es ist ein sicherer, friedlicher Ort. Du spürst die warme, beruhigende Energie des Ortes. Vielleicht öffnest du ein Fenster und lässt frische Waldluft herein.

Setze oder lege dich im Baumhaus nieder. Lass dich von der Ruhe des Ortes umhüllen. Bleibe hier für ein paar Minuten, atme tief ein und aus, und genieße die Stille und den Frieden.

Wenn du bereit bist, steh auf und verlasse das Baumhaus in deiner Vorstellung. Steige die Treppe hinunter und kehre zurück in die reale Welt.

Öffne deine Augen und kehre langsam zu deinem normalen Bewusstseinszustand zurück. Dehne dich ein wenig und lächle, dankbar für die Ruhe, die du in deinem mystischen Baumhaus gefunden hast.

Verbrenne deine Selbstzweifel in der Lava

Finde einen ruhigen, bequemen Ort zum Sitzen oder Liegen. Schließe die Augen und atme ein paar Mal tief ein und aus, um deinen Geist zu beruhigen.

Konzentriere dich auf deinen Atem. Spüre, wie die Luft sanft durch deine Nase ein- und ausströmt. Mit jedem Atemzug fühlst du dich entspannter und ruhiger.

Stelle dir vor, dass du auf einer wunderschönen hawaiianischen Insel bist. Vor dir erhebt sich ein majestätischer Vulkan, dessen imposante Silhouette sich gegen den strahlend blauen Himmel abzeichnet. Die Hänge des Vulkans sind von üppigem, grünem Dschungel bedeckt, der in der Sonne leuchtet und eine reiche Vielfalt an Pflanzen und Blumen präsentiert.

Du spürst die warme, beruhigende Luft, die deine Haut sanft streichelt und dich mit einem Gefühl tiefer Entspannung erfüllt. Die tropische Brise trägt den Duft von exotischen Blüten und salziger Meeresluft zu dir, während du das leise Rauschen der Bäume hörst, deren Blätter im Wind sanft rascheln. In der Ferne hörst du das rhythmische Plätschern von Wellen, die gegen die Küste schlagen, und das fröhliche Zwitschern bunter Vögel, die durch die Baumkronen fliegen.

Diese friedliche Atmosphäre lässt dich tief durchatmen und alle Sorgen vergessen, während du die Schönheit und Ruhe dieser paradiesischen Umgebung in dich aufnimmst.

Denke nun an deine Selbstzweifel. Forme sie in deinem Geist zu Worten oder Bildern. Vielleicht sind es Stimmen, die sagen, dass du nicht gut genug bist, oder Bilder vergangener Fehler.

In deiner Vorstellung näherst du dich dem sanft fließenden Lavastrom des Vulkans. Visualisiere, wie du jeden deiner Selbstzweifel vorsichtig in die Lava legst.

Sieh, wie die Lava deine Zweifel umschließt und sie mit ihrer intensiven Hitze verbrennt. Beobachte, wie sie sich auflösen, zu Rauch werden und im Wind verwehen.

Nachdem alle Zweifel verbrannt sind, entferne dich langsam vom Vulkan. Kehre zurück zu deinem Atem. Fühle, wie jeder Atemzug dich mit neuer Energie und Zuversicht füllt.

Wenn du bereit bist, öffne langsam deine Augen. Spüre die Ruhe und das neue Gefühl der Leichtigkeit in dir.

Dein Flug in die Freiheit

Suche dir einen bequemen und ruhigen Ort, wo du ungestört sein kannst. Setze oder lege dich in eine bequeme Position.

Beginne, dich auf deine Atmung zu konzentrieren. Atme langsam und tief ein und aus. Spüre, wie sich dein Brustkorb bei jedem Atemzug hebt und senkt.

Stelle dir nun vor, wie ein majestätischer Adler hoch am Himmel seine Kreise zieht. Mit ausgebreiteten, mächtigen Flügeln schwebt er mühelos durch die Lüfte, getragen von den unsichtbaren Windströmen, die ihn emporheben. Sein scharfes Auge aufmerksam auf die Landschaft unter ihm gerichtet, während er scheinbar schwerelos in der endlosen Weite des Himmels gleitet.

Jeder seiner Flügelschläge ist kraftvoll und zugleich elegant, und es scheint, als ob er die Geheimnisse der Luftströmungen perfekt beherrscht. Du beobachtest, wie er spielerisch mit den Aufwinden spielt, sich manchmal höher hinaufschraubt, um dann wieder in weiten, geschmeidigen Bögen hinabzugleiten.

Die Sonne reflektiert auf seinem glänzenden Gefieder, das in den Strahlen des Lichts schimmert, und verleiht ihm einen fast göttlichen Glanz. Diese beeindruckende Szene vermittelt ein Gefühl von Freiheit und Majestät, während der Adler ruhig und souverän über die Welt unter ihm wacht.

Während du den Adler beobachtest, stelle dir vor, wie alle deine Sorgen, Ängste und negativen Erfahrungen in kleine Pakete transformiert werden, die du dem Adler übergeben kannst. Sieh, wie er diese Pakete ergreift und sie weit weg in den Himmel trägt.

Spüre die Freiheit und konzentriere dich darauf, wie dein Körper leichter wird, während der Adler deine Lasten davonträgt. Spüre, wie eine Welle der Freiheit und Leichtigkeit dich durchströmt.

Bedanke dich bei dem Adler und bei dir selbst für diese Erfahrung der Freiheit. Beginne langsam, dich deiner Umgebung wieder bewusst zu werden. Bewege deine Finger und Zehen, öffne sanft deine Augen.

Nimm dir einen Moment Zeit, um über das Erlebte zu reflektieren. Erinnere dich an das Gefühl der Freiheit und Leichtigkeit, wann immer du es brauchst.

Danksagung

Ich möchte mich von Herzen bei Peter Michael bedanken, der die Arbeit an diesem Buch so unkompliziert gemacht hat. Ein großes Dankeschön geht auch an den Dalmanuta Verlag, der mein Buch gedruckt hat.

Ein besonderer Dank gilt meinen Mädels, die mit ihrer Freundschaft und Inspiration mein Leben bereichern. Schließlich möchte ich mich bei Stefan bedanken – er weiß ganz genau warum.

Eine kleine Geschichte
für Peter Michael Dieckmann

In Jerusalem, der Stadt voller Geschichte und Vielfalt, gab es einen kleinen, besonderen Kindergarten namens Saint Charles, der von katholischen Nonnen geführt wurde. Mahidevran, ein kleines muslimisches Mädchen, besuchte diesen Kindergarten jeden Tag. Ihre Mama brachte sie morgens hin und holte sie am Nachmittag wieder ab. Mahidevran liebte ihren Kindergarten und lernte viel von den Nonnen und ihren Freunden.

Eines Morgens, auf dem Weg zum Kindergarten, verlor Mahidevran ihren Lieblingsteddy. Erst als sie den Kindergarten betrat, bemerkte sie, dass ihr Teddy nicht bei ihr war. Sie durchsuchte den ganzen Kindergarten, und alle Kinder halfen ihr, aber der Teddy blieb verschwunden. Traurig und mit Tränen in den Augen saß Mahidevran in einer Ecke.

In ihrer Verzweiflung beschloss Mahidevran, sich auf die Suche nach ihrem Teddy zu machen. Heimlich schlich sie sich aus dem Kindergarten und begann, die Straßen von Jerusalem zu durchkämmen. Sie schaute unter Bänken, hinter Büschen und fragte Passanten, aber der Teddy war nirgends zu finden. Nach einiger Zeit bemerkte Mahidevran, dass sie sich verlaufen hatte. Die Straßen sahen alle gleich aus, und sie wusste nicht mehr, wie sie zurück zum Kindergarten kommen sollte.

Am Straßenrand sitzend und weinend, fiel sie einer jüdischen Händlerin auf. Die freundliche Frau, deren Name Miriam war, ging zu Mahidevran und fragte sie sanft, warum sie so traurig sei. Nachdem sie ihre Geschichte gehört hatte, bot Miriam ihre Hilfe an. Gemeinsam machten sie sich auf den Weg zurück zum Kindergarten.

Als sie vor dem Kindergarten ankamen, sah Mahidevran ihren
Teddy direkt vor der Tür liegen. Vor Freude hüpfte sie auf und ab
und drückte ihren Teddy fest an ihr Herz. Mit strahlenden Augen
trat sie gemeinsam mit Miriam in den Kindergarten ein. Dort war-
teten schon die besorgten Nonnen und Mahidevrans Mutter, die
vor Kummer fast umgekommen war.

Überglücklich schloss Mahidevran ihre Mutter und Miriam in
ihre Arme. Die Nonnen dankten Miriam herzlich für ihre Hilfe, und
Mahidevran versprach ihrer Mama, nie wieder wegzulaufen.

An diesem Tag lernte Mahidevran eine wichtige Lektion über
die Bedeutung von Freundschaft und Hilfsbereitschaft, und wie
Menschen unterschiedlicher Religionen und Kulturen sich gegen-
seitig unterstützen können. Und natürlich, dass ihr Teddy immer
einen besonderen Platz in ihrem Herzen haben würde.

Über die Autorin

Im Januar 2003 hat Tina Isensee gemeinsam mit ihrem Mann Stefan eine kleine esoterische Buchhandlung in ihrer Heimatstadt Gelsenkirchen eröffnet – die „Wohlfühlbuchhandlung im Herzen des Ruhrgebiets".

Im Juni 2002 sind die Beiden ein Paar geworden und haben schon im August den Mietvertrag für die gemeinsamen Wohnung und den schönen Esoterikladen unterschrieben. In all den Jahren haben sich die Beiden einfach von ihrer Intuition leiten lassen und sind bis heute dabei geblieben. Mittlerweile haben sie ein etabliertes spirituelles Geschäft mit einem umfangreiches Vortrag- & Veranstaltungsprogramm.

2010 haben Tina & Stefan dann die „Wohlfühlmesse Gelsenkirchen" auf die Beine gestellt (eine der größten spirituellen Messen in Deutschland), die einmal im Jahr stattfindet und Aussteller und Besucher aus ganz Deutschland und den Nachbarländern anzieht. Ab 2014 kam auch noch der „Esoteriktag" dazu.

2016 erschien dann Tinas erstes Meditations-Buch „Duftreisen" im Smaragd Verlag, das zweite Meditations-Buch „Edelsteinreisen" folgte schnell und seit 2017 gehören Segenszeremonien (Handfasting, freie Trauungen und Abschiedszeremonien) zu ihrem Angebot.

Besucht Tina Isensee und ihren Blog doch einfach im Internet: www.buchhandlung-isensee.de/blog